चेतना की यात्रा में

हुआ यूँ के

आलोक यात्री

ज्ञान गंगा, दिल्ली

प्रकाशक : ज्ञान गंगा, 2/42, अंसारी रोड, दरियागंज, नई दिल्ली–110002
सर्वाधिकार : सुरक्षित / संस्करण : 2026 / पेपरबैक मूल्य : दो सौ पचास रुपए
मुद्रक : आर–टेक ऑफसेट प्रिंटर्स, दिल्ली ISBN 978-81-19758-82-1

CHETNA KI YATRA MEIN HUA YOON KE

by Shri Alok Yatri ₹ 250.00 (PB)

Published by **GYAN GANGA**
2/42, Ansari Road, Daryaganj, New Delhi-110002

चेतना की यात्रा में

हुआ यूँ के

यादों के गलियारे की सुखद यात्रा

अनुज यानी आलोक यात्री का फोन आया, "पांडुलिपि भेज रहा हूँ, अनौपचारिक सी भूमिका लिख दीजिएगा।"

छोटे भाई का अनुरोध हो तो कौन सी बड़ी बहन मना करती है? सो लिखना ही था। परंतु इस फोन कॉल के बाद मन अतीत के गलियारे में विचरण करने लगा। पतिदेव के गाजियाबाद स्थानांतरित होने के साथ हम मय लाव-लश्कर के गाजियाबाद पहुँच गए थे।

परम आदरणीय से.रा. यात्रीजी से प्रथम मुलाकात कैसे भूल सकती हूँ? घर को व्यवस्थित करते ही हम देश के जाने-माने महान् साहित्यकार से मिलने उनके घर पहुँचे। यह मिलन तो एक बेहद अपने आत्मीय बुजुर्ग से मिलना था। मिलते ही मेरे सिर पर हाथ रखकर वह बोले, "बिटिया, आज से यह घर तुम्हारा है और मैं तुम्हारा चाचा। जब मन करे, बस उठ कर चली आना, जो मन करे, कह कर, बनवा कर खाना।" यह रिश्ता हमेशा कायम रहा। उनकी बीमारी में हम उनसे मिलने गए। उस अशक्त स्थिति में भी हमें देखकर जो मुसकान उनके चेहरे पर आई, जो चमक उनकी आँखों में देखी, वह मन को कहीं अंदर तक भिगो गई।

अब बात इस पांडुलिपि—'हुआ यूँ के…', जिसके कारण आज मैं अतीत के गलियारे में भटक रही हूँ, इसका बीजारोपण मेरे ही ड्राइंग रूम में हुआ था। गाजियाबाद की पोस्टिंग के बाद कई जगह स्थानांतरित होने के उपरांत हम लखनऊ पहुँच गए थे। मेरे बच्चे उच्च शिक्षा के लिए बाहर

जा चुके थे। सास-ससुर के साथ हम दोनों लखनऊ में अब पूर्ण रूप से व्यवस्थित हो चुके थे। एक दिन चाचाजी का फोन पतिदेव के मोबाइल पर आया कि 'घर पर हो? मैं आ रहा हूँ।' स्वाभाविक है, हम दोनों खुशी से खिल उठे। हिंदी संस्थान हमारे घर से ज्यादा दूर तो है नहीं। और चाचाजी अपने पुत्र आलोक यात्री के साथ हमारे घर पधारे।

चाचाजी आएँ और साहित्य की बात न हो, ऐसा तो हो ही नहीं सकता। तो बहुत सारी बातें हुईं। बहुत प्रेरणा भी मिली उनसे। वे बहुत मनोबल बढ़ाते थे। बातों ही बातों में चाचाजी बोले, "नीलम का लेखन तो मैं जानता हूँ। तुमने क्या लिखा है, वह दिखाओ।"

उत्साहित होकर पतिदेव अपनी पांडुलिपि ले आए, जिसकी कई रचनाएँ उन्होंने पढ़कर चाचाजी को सुनाई। चाचाजी बहुत ही प्रभावित हुए और खुश भी। बोले, "तुम इसे पूरा करो। इस कृति का नामकरण भी मैं करूँगा और इसकी भूमिका भी मैं ही लिखूँगा। तुम पूरा करके भेजो।" ऐसा ही हुआ भी चाचाजी ने उस कृति का नाम 'बेचेहरे वाले लोग' रखा। यह कृति पतिदेव के जीवन में आए उन लोगों का रेखाचित्र है, जो हमारे आस-पास होते हैं, पर हम उन्हें देखते ही नहीं। जबकि सच यह है कि उनके बिना हमारा काम चल ही नहीं सकता।

उस पल में एक चीज और हुई, जिसका किसी को उस पल भान भी नहीं हुआ था। वह है आलोक यात्री के भीतर 'हुआ यूँ के…' को लिखने का खयाल आना, जो आज मेरे हाथ में है। इसके लिखने का बीज उसी समय प्रिय आलोक भाई के मन में रोपित हो गया था। रेखाचित्र से प्रेरित यह संस्मरणों की कृति आज पुष्पित-पल्वित होकर हमारे सामने भूमिका के लिए आ गई है। कुछ ही समय में यह लोकार्पित होकर हिंदी साहित्य का हिस्सा बन जाएगी। आनंदित हूँ अनुज की लेखनी का कमाल देखकर।

26 खंडों में विभक्त इस कृति को पढ़ते हुए विषय की विविधता आपको चमत्कृत करेगी। हर खंड शिद्दत के साथ कुछ कह रहा है। पहला खंड 'इस काया और इस माया पर क्या इतराना' जीवन की कड़वी हकीकत से

आपका आमना-सामना कराता है। सिहरन पैदा करता किस्सा 'मेरा घर नहीं मिल रहा', 'सुपरकॉप के साथ भीतर की यात्रा' को पढ़ते हुए आप आलोक यात्रीजी के अलग ही व्यक्तित्व से परिचित होंगे, जो बेफिक्र, खिलंदड नहीं, बल्कि अध्यात्म से जुड़ा व्यक्तित्व दिखाई देता है। 'जिनके शब्द कीमती होते हैं, वह बोलते कम हैं' इस शीर्षक की रचना को जब आप पढ़ेंगे तो यह आपके भीतर जीवन के प्रति एक सकारात्मक सोच छोड़ जाएगी। 'भीतर का कोलाहल' में बहुत ही गंभीर बात करते-करते आपके चेहरे पर मुसकान ले आने का कमाल आलोक यात्रीजी ने इस खंड में बखूबी कर दिखाया है।

छठा खंड 'यह शो है बाबू···तीन घंटे का' दो फिल्मों और कोरोना ने मिल कर आलोक यात्रीजी को फिलासफर बना दिया है इस खंड में। सूत न कपास जुलाहे से लट्ठम-लट्ठा। जी हाँ, 'अजी जाइए···आप बड़े 'वो' हैं···' पढ़कर महसूस हुआ कि अगर आपकी लेखनी में दम है तो बिना किसी बात के भी आप खूब लिख सकते हैं। 'श्री श्री 1008 पाखंडानंदजी महाराज' यह खंड सिद्ध करता है कि गुरु वही है, जो भटके को राह दिखा दे। 'वाहवाही की ललक उर्फ टमाटर के दाम' एक रोचक संस्मरण, जिसे आप पढ़ना चाहेंगे। 'जजमेंट ऑन स्पॉट', 'राधेश्यामजी का तमगा' जैसे खंड दरशाते हैं कि आम जीवन से कैसे विषय निकाले जाते हैं। 'पुल की अंत्येष्टि' सिस्टम पर उँगली उठाने का साहस दिखाई देता है इस खंड में। 'रावण दहन' यह खंड हमारे समाज पर एक बहुत बड़ा दाग भी है और प्रश्न भी। 'अकल बड़ी या भैंस' हुआ यूँ के भैंस तो चली गई पानी में, लेकिन पढ़ने का आनंद दे गई।

इस संग्रह का सोलहवाँ खंड 'गुरुजी का गंगा स्नान' और 'सिक्का बदल गया' बदल रहे समाज के आईना हैं। 'छलनी में पानी' में आलोकजी के साथ मुंबई घूमने का आनंद उठाइए। 'ताली-थाली का उपहार' एक बार फिर से हमें कोरोना की विभीषिका में लेकर चला जाता है। 'माया महाठगिनी, हम जानी···', 'अपनी ही स्मृति में टूर्नामेंट', 'भाभीजी भूल गईं हरि भजन' कुछ अलग ढंग के संस्मरण हैं। 'जय दरिया बादशाह' बचपन का एक मजेदार किस्सा है, जो मध्यम वर्गीय परिवार की मजबूरी भी दरशाता है।

'लेटर बॉक्स में ठक' में भुलक्कड़ी के एक मजेदार वाकए से आप रूबरू होंगे इस खंड में। 'शताब्दी में अंग्रेजी' एक ऐसा संस्मरण है, जो आपके दिल को गहरे तक छूएगा। 'चंदा मामा टूट गया' एक ऐसा संस्मरण है, जो बाल-मन की निश्चलता और कोमलता का बेहतरीन उदाहरण है।

विषय की विविधता से सजी है यह कृति। आइए, बात करते हैं इस कृति की भाषा और शिल्प की। आलोक यात्रीजी की लेखनी में भाषा को चमत्कृत करने वाला सौंदर्य दिखाई देता है। पढ़ते हुए बार-बार पाठक के चेहरे पर हलकी स्मित उभर ही आएगी। 'हुआ यूँ के…' का तड़का इन किस्सों में महकती हुई छौंक सा आनंद देता है। भाषा-शैली की सुंदरता के कुछ उदाहरण देखिए—'लखनऊ आने के मकसद का सवाल किसी तिनके सा फिर दाँत में अटक गया', 'होटल के बिस्तर पर लोट मारते हुए मैंने पत्रकार मित्र से लखनऊ आने का औचित्य पूछा', 'मुझ जैसे 'मैं मैं…' करने वाले बकरी की प्रजाति के जीवों के लिए मित्र का कहा एक सबक भी है।'

मुझे विश्वास है कि साहित्य-जगत् में संस्मणात्मक आलेखों की इस कृति का खुले दिल से स्वागत होगा। श्री आलोक यात्रीजी को शुभकामनाएँ! उनकी लेखनी से हमें ऐसी ही और भी रचनाएँ पढ़ने को मिलें।

—नीलम राकेश

610/60, केशव नगर कॉलोनी
सीतापुर रोड, निकट सेंट्रल बैंक
लखनऊ-226020
मो. : 8400477299
neelamrakeshchandra@gmail.com

डगर से भटका यात्री

जिंदगी के साठ बरस बीत जाने के बाद जो एक अहम बात समझ में आई, वह यह कि जिंदगी चेतना की यात्रा है। दुर्भाग्य कहूँ कि सौभाग्य कॅरियर की शुरुआत पत्रकारिता से हुई। मशहूर गीतकार भारत भूषण की पंक्तियों 'आधी उमर करके धुआँ, यूँ तो कहो किसके हुए…' की तर्ज पर यही कह सकता हूँ कि पत्रकारिता में कोई ऊँचा मुकाम हासिल नहीं कर पाया। पत्रकारिता में अपनी पहचान एक अपराध संवाददाता की ही बनी रही। यह बड़ा विचित्र संयोग है कि सिद्ध लेखक का पुत्र क्राइम रिपोर्टर! अपनी उपलब्धि की ओर देखता हूँ तो पाता हूँ कि जिंदगी और पत्रकारिता—दोनों ही हकीरी-फकीरी सी चलती रहीं। जिंदगी की आधी सदी बीतते-बीतते यह अहसास हुआ कि मैं कौन सी डगर पर चल रहा हूँ। हाँ!

इस दौरान 'हुआ यूँ के…' क्राइम रिपोर्टर के तौर पर मैंने एक खास पहचान हासिल कर ली; और मेरी भरती एक बड़े अखबार में हो गई। एक समय ऐसा भी आया कि देश के सबसे बड़े समाचार-पत्र समूह के मुख्य कार्याधिकारी मुझे अपने संस्थान का 'स्टार रिपोर्टर' कहते थे तो बड़ा गर्व महसूस होता था। लेकिन कहीं-न-कहीं यह मलाल, टीस और मायूसी भी होती थी कि जिंदगी की दिशा क्या है? इस दिशाहीन यात्रा का अंत कहाँ है? क्या मैं पूर्ववर्ती यात्री (यानी पिताश्री) की डगर से भटक जाऊँगा?

जिंदगी की दूसरी पारी की शुरुआत में पहला निर्णय यह लिया कि सबसे पहले क्राइम रिपोर्टरी छोड़नी है। लिहाजा नौकरी से इस्तीफा दे दिया।

दो अखबारों से काम की पेशकश भी आई, लेकिन शर्त यह थी कि करनी क्राइम रिपोर्टरी ही पड़ेगी, जो मुझे किसी भी तरह मंजूर नहीं था। भटकन हर यात्री की नियति होती है। शायद मेरी भी थी। नौकरी छोड़ने के बाद करना क्या है, यह साफ नहीं था। और यह पहली मर्तबा नहीं था कि नौकरी छोड़कर मैं सड़क पर था। अपनी पत्रकारिता की यात्रा में दो-चार साल में यह नौबत आ ही जाती थी। हिसाब लगाया जाए तो स्वतंत्र पत्रकारिता के मुकाबले नौकरी की अवधि काफी कम रही। कपड़े बदलने की तर्ज पर अखबार बदलने का फायदा यह हुआ कि अधिकांश संपादकों से प्रगाढ़ रिश्ता बन गया।

लौट कर बुद्धू घर तो आ गए···लेकिन करें क्या? कई संपादक मित्रों ने सलाह दी कि भोगा हुआ यथार्थ लिखिए। इस नेक सलाह पर चलते हुए एक पाक्षिक अखबार के साथ अपनी दूसरी पारी की शुरुआत हुई। जीवन की पहली पारी इतनी आपाधापी से भरपूर रही कि सही मायने में अपने सहयात्री (पिताश्री) से ठीक से बतियाने, सीखने का भी अवसर नहीं मिला। मित्रों ने एक सुसज्जित दफ्तर बनाकर दे दिया और जिंदगी की दूसरी पारी सलीके से शुरू हो गई। सूखते पेड़ पर हरियाली आ जाए तो कुछ नमी लौटती है, कोंपलें भी फूटती हैं, फूल भी खिलते हैं, पंछी भी लौट आते हैं और तितली भी। अपने साथ भी यही हुआ। पहले कविता लौटी, फिर कहानी, किस्से, संस्मरण और बदलती पत्रकारिता का संस्कार।

बदलती पत्रकारिता का संस्कार इसलिए कह रहा हूँ कि देखते-ही-देखते हमारे लेखन की कमीज रूमाल में बदल गई और आज रूमाल अपनी पहचान खोकर कतरन में बदल गया है। चालीस साल पहले मेरी पत्रकारिता कपड़े के थान की बुनाई के तौर पर शुरू होकर कतरन पर आ गई। ये कतरनें कुछ सालों से 'हुआ यूँ के···', 'खटराग', 'दुनिया मेरे आगे', 'देख तमाशा दुनिया का' कॉलम के अंतर्गत विभिन्न अखबारों में प्रकाशित होती रही हैं। जैसा कि मैंने पहले भी कहा है कि यह लेखन भोगे हुए यथार्थ का असल चेहरा है।

हमारे साथ अकसर होता यह है कि हम जिंदगी का कोई नया पाठ पढ़ रहे होते हैं और राह चलता कोई अनजान व्यक्ति हमें एक नया ज्ञान दे जाता है। एक रिक्शाचालक जब एक दार्शनिक अंदाज में आप से कहे कि 'इस काया पर और इस माया पर क्या इतराना'? 'तो हमें अपने वजूद का आकलन करने पर मजबूर होना पड़ता है। हमारी चेतना की एक नई यात्रा शुरू होती है। जिंदगी में कई ऐसे पड़ाव और मुकाम आए, जहाँ रुककर, ठहरकर लोगों के कहे शब्दों को सुनकर, गुनना पड़ा। इस सुनने, गुनने और बुनने की यात्रा में 'छलनी में पानी कैसे आएगा…' जैसे सवाल से जूझते हुए इसका हुनर सीखने का अवसर मिला। वहीं 'भीतर के कोलाहल' से साक्षात्कार होना भी किसी सिद्धी से कम नहीं है। सहज लगने वाली मेल-मुलाकात आपको 'भीतर की यात्रा' करवा दे तो इससे बड़ा आनंद कुछ नहीं। और जिंदगी में अंतर्मन की यात्रा का आनंद आपको सहज ही मिलता रहे तो यह मान लीजिए कि आपकी चवन्नी रुपए में चल रही है। चलती ट्रेन या बस में कोई भला आदमी आपसे सीट बदलने का आग्रह करे और आप उसके आग्रह को निर्ममता से ठुकरा दें तो आत्मग्लानि का बोध होना स्वाभाविक ही है। आपको उस समय सुखद आश्चर्य होता है, जब आपको पता चलता है कि इस आपराधिक कृत्य का ऐसा सुखद परिणाम भी निकल सकता है, जो किसी भी रूप में ईश्वरीय वरदान से कम नहीं है। एक छोटी सी घटना आपकी जिंदगी के तराजू के एक पलड़े पर आत्मग्लानि और दूसरे पर ईश्वरीय कृपा को रख देती है। आपकी नियति यह है कि आपको पूरी उम्र इस संतुलन के साथ आगे चलना है। यह संतुलन सवाल पूछता है 'यह हुआ क्या… ?' तब 'हुआ यूँ के…' की शुरुआत होती है।

मैं बहुत आभारी हूँ और सौभाग्यशाली भी परम श्रद्धेय माताश्री संतोष ओबेरॉयजी का, जिनके सान्ध्यि में ये किस्से फले-फूले और उनकी सुपुत्री डॉ. माला कपूर 'गौहर' जी का, जिनके सहयोग से 'मेरे यथार्थ से साक्षात्कार' को पुस्तक रूप मिल सका। मैं आभारी हूँ 'अमर उजाला' के

संपादक रहे भाई श्री अतुल सिन्हाजी का, जिन्होंने मेरे इस लेखन को 'सात रंग' में सजाया। मैं ऋणी हूँ अपने पिताश्री से. रा. यात्रीजी का, जिनके सान्ध्यि में लिखने-पढ़ने का संस्कार हासिल कर सका। साथ ही अपने उन पाठकों का भी आभार व्यक्त करता हूँ, जिनके द्वारा मेरी लानत-मलामत की जाएगी।

आपकी मोहब्बत का आरजूमंद

—आलोक यात्री

अनुक्रम

इस काया और इस माया पर क्या इतराना

हुआ यूँ के···उस दिन बिटिया का जन्मदिन था। ऑफिस से घर के लिए निकलते-निकलते शाम के 7 बज गए। वह दौर था, जिन दिनों मैं अमूमन रिक्शा से ही घर आता-जाता था। गाड़ी-घोड़ा होने के बावजूद मुझे आज भी रिक्शे का सफर ही मुफीद लगता है।

उस समय 'दैनिक जागरण' अखबार का कार्यालय लोहिया नगर में हुआ करता था। मालीवाड़ा तक टहलता हुआ आया। बस अड्डे से रिक्शा करने पर रिक्शावाले बहुत अधिक किराया माँगते थे। बस अड्डे पर उनकी मोनोपोली भी रहती थी। एक ने तीस रुपए कह दिए तो मजाल है किसी की कि कोई रिक्शावाला कम बताए। लिहाजा मालीवाड़ा तक टहलता हुआ आया। यहाँ से रिक्शा मुनासिब किराए पंद्रह-बीस रुपए में मिल जाता था।

एक रिक्शावाले से पूछा तो उसने किराया बताया—दस रुपए। मेरे मुँह से बेसाख्ता निकला, "नए हो क्या··· ?"

रिक्शावाला बोला, "आप आठ रुपए ही दे देना।"

मुझे यकीन हो गया कि रिक्शावाला शहर में नया है, लिहाजा मैंने जोर देकर पूछा, "कविनगर देखा है, मालूम है कितना किराया लगता है?"

बोला बाबूजी, "जो बनता हो, अपने आप दे दीजिएगा।" अधेड़ से रिक्शा-चालक को देखकर मैं असमंजस में पड़ गया। मैं सोच ही रहा था कि उससे आगे क्या कहूँ। इतने में उसने फिर पेशकश कर दी, "अच्छा बाबूजी, पाँच रुपए ही दे देना।"

अजीब स्थिति थी। दीन-हीन से रिक्शेवाले को किराए का भान तक नहीं था। मुझे लगा कि शायद आज उसकी कमाई नहीं हुई है, इसलिए अंट-शंट पैसे बता रहा है। मैंने उससे कहा, "भाई, कवि नगर के पंद्रह रुपए लगते हैं।"

रिक्शावाले ने कहा, "चलो बाबूजी, जो मुनासिब समझें दे, दीजिएगा।"

मैं रिक्शा में बैठ गया। रिक्शा कुरैशी मार्केट के अंदर की सड़क पर चल पड़ा। कूलर मार्केट की सड़क पर लेबर अपने काम में जुटे हुए थे।

उनमें से किसी ने 'राम-राम' किया। मैंने भी लेबर के अभिवादन का जवाब दे दिया। थोड़े से फासले के बाद कुछ और कारीगरों ने 'राम-राम' कहकर अभिवादन किया। मैंने और रिक्शावाले ने भी उनकी 'राम-राम' का जवाब 'राम-राम' से दिया। यह मेरा रोज का रास्ता था। इस रास्ते पर आज तक किसी ने मुझसे 'राम-राम' नहीं की थी। मेरा माथा ठनकना लाजिमी था। यह 'राम-राम' मुझसे नहीं हो रही थी, बल्कि रिक्शेवाले से हो रही थी। वह सड़क गुजर जाने के बाद मैंने रिक्शावाले से पूछा, "कहाँ के हो भाई?"

उसने कहा, "कल्लूपुरा का हूँ, साहब।"

यानी जहाँ से मैंने रिक्शा किया था, वहीं आस-पास का ही रहने वाला था। "तो भाई, तुम्हें पता नहीं कविनगर का किराया कितना लगता है?" मैंने उत्सुकतावश उससे पूछा।

"मालूम है, बाबूजी।"

"फिर इतना कम किराया क्यों माँगा?"

रिक्शावाले ने सहजता से जवाब दिया, "इस काया और इस माया पर क्या इतराना?" मुख्य सड़क के एक मकान की ओर इशारा करते हुए रिक्शावाला बोला, "यह मकान भी आपका ही था, बाबूजी!"

उसकी बात सुनकर मैं सकपका गया। मैं चलती रिक्शा से कूदने ही वाला था कि वह फिर बोला, "बैठे रहिए बाबूजी, परेशान न होइए, इस काया और इस माया पर क्या इतराना?"

घर तक पहुँचने तक मैंने उसकी जीवन-कथा सुनी। वह सुनार की दुकान चलाता था। बहुत संपन्न नहीं था, लेकिन जो एक कारोबारी की

हैसियत होती है, उसकी भी वही हैसियत थी।

उसके उन्नीस-बीस साल के लड़के को पुलिस ने एक फर्जी केस में फँसा दिया था। लड़के पर एक के बाद एक फर्जी केस लादे जाते रहे और बाप पैरवी करते-करते रिक्शा चलाने पर आ गया। बेटी की शादी की आस में वह अब रिक्शा चला रहा था।

कथा सुनते-सुनते मेरा भी घर आ गया।

उसकी कथा से मैं अपराध-बोध से ग्रस्त हो चुका था। मुझे लगा कि आज मुझसे भी कोई गुनाह हो गया है। डरते-डरते मैंने उसके हाथ पर पचास रुपए का नोट रखा और उसे रख लेने का आग्रह किया, जिसे 'नहीं बाबूजी' कहते हुए उसने नकार दिया और चालीस रुपए मुझे लौटाने लगा।

मैंने कहा, "आज मेरी बेटी का जन्मदिन है, मैं खुशी से दे रहा हूँ ये पैसे। कुछ फल घर ले जाना।"

रिक्शावाला नहीं माना। बाकी पैसे मुझे थमाते हुए बोला, "बाबूजी, इस काया और इस माया पर क्या इतराना?"

मैं कुछ और कहता, उससे पहले ही वह मुझे विस्मित कर रिक्शा लेकर आगे बढ़ गया।

□

मेरा घर नहीं मिल रहा

हुआ यूँ के…गायबाना तौर पर मैं डॉ. अरविंद डोगराजी के क्लीनिक पर जा पहुँचा। अपनी बैटरी जब डिस्चार्ज हो जाती है तो उसे रिचार्ज करवाने के लिए मैं ऐसी ही कोई संगत तलाश लेता हूँ, जहाँ दो-तीन घंटे बौद्धिक टॉनिक तसल्ली से गटका जा सके। डॉ. डोगरा के पास विषय की प्रचुर विविधता है। चिकित्सीय पेशे में उन्हें जितनी अच्छी महारत हासिल है, वहीं महारत उन्हें खेल से लेकर सामाजिक सरोकारों में भी हासिल है। गाहे-बगाहे वह 'एकला' के तौर पर शब्दों की जादूगरी भी दिखाते रहते हैं। चिकित्सीय पेशे के अलावा निजी जिंदगी में भी वे कई कीर्तिमान स्थापित कर चुके हैं। मसलन, रक्त-दान के मामले में वह शायद विश्व के पहले शख्स होंगे, जिन्होंने इस फील्ड में भी शतक ठोक रखा है। हंड्रेड से कितना ऊपर जा पहुँचे, इस बात का जवाब देने से उन्हें गुरेज है।

तो हुआ यूँ के…बातचीत के दौरान उनके फोन की घंटी बज उठी। फोन रिसीव करने के मामले में भी वे नितांत उदार हैं। आधी रात को भी वे अनजान नंबर भी उठाते हैं और आवश्यक हुआ तो मरीज के दरवाजे पर भी खड़े मिलते हैं। ऐसे कई वाकयों से मैं खुद वाकिफ हूँ। मेरी पैदाइश और उनकी रिहाइश एक ही मोहल्ले की है, लेकिन किन्हीं कारणों से उन्होंने अपना पुराना ठिकाना बदल लिया है। उनके वार्त्तालाप के अंदाज से मुझे इल्म हो गया कि फोन किसी पुराने मोहल्लेदार का ही है, जिसका दर्द शायद यह था कि उसके इलाके का चलता-फिरता हॉस्पिटल अब उसकी पहुँच से छिन चुका था।

उन्होंने बात खत्म की तो आदतन मैंने पूछा "किसका फोन था?" पर वे टाल गए। लेकिन पत्रकार की खुजली तो रिंगकटर से भी दूर न हो। उनसे कुछ उगलवाने की नीयत से मैंने उन्हें एक शेर सुनाया—

"कितनी यादें संग लिपटकर रोती हैं,
जब कोई शख्स घर बदलता है।"

मेरे शेर पर वह तपाक से बोले, "अमाँ छोड़ो, एक किस्सा सुनो···"

किस्सा उन्हीं की जुबानी—

मेरे एक मित्र हैं। शास्त्री नगर में डायमंड रोड पर उनकी डेयरी थी, जहाँ फुरसत के समय शाम को मैं अकसर जा बैठता था। एक सात-आठ साल का बालक भी अकसर वहीं मिलता था, जिसे भैंसों को पाइप से नहलाने में आनंद आता था। वह डेयरी के छोटे-मोटे काम भी कर देता था। इतने छोटे बच्चे के बारे में मुझे उत्सुकता हुई तो मैंने उसकी बाबत मित्र से पूछा। उन्होंने बताया कि इस बालक का परिवार सड़क के दूसरी ओर झुग्गी बनाकर रहता है। बालक के माँ-बाप दिहाड़ी मजदूर हैं। बालक भी एक झोंपड़पट्टी स्कूल में पढ़ने चला जाता है। स्कूल से आने के बाद वह खेलने-कूदने उनकी डेयरी पर आ जाता है। बालक का विशेष प्रेम बछिया और कटरों से था। उन्हें नहलाने के साथ-साथ वह उनकी मम्मियों को भी नहला देता था।

मैं मजे से डॉ. डोगरा के किस्से का आनंद ले रहा था। इसी दौरान किसी और मरीज का फोन आ गया। वक्त भी काफी हो रहा था। उनका असिस्टेंट आकर सामान समेटने लगा तो मुझे खदशा हुआ कि किस्सा कहीं अधूरा न रह जाए। फोन कटते ही मैंने उत्सुकता से पूछा कि फिर क्या हुआ?

अब आगे की कथा डॉ. डोगराजी की जुबानी···। बालक का श्रम देखकर मैंने इशारे से मित्र से पूछा कि बालक खाली-पीली ही आनंद ले रहा है या···? मित्र बोले, घर जाते समय इसे किलो-पौन किलो दूध दे देता हूँ।

मुझे बड़ी तसल्ली हुई। मुझे भी बालक से लगाव हो गया। उसके लिए मैं कभी-कभार चॉकलेट ले जाने लगा। एक शाम मैं पहुँचा तो बालक बेंच पर सो रहा था। सोते हुए वह हिचकियाँ सी भी ले रहा था। मुझे लगा, शायद

उसकी तबीयत खराब है। मैंने मित्र से पूछा कि इसे क्या हुआ है?

मित्र ने कहा कि आज यह बेचारा बड़ा परेशान है। स्कूल से लौटकर आया तो सड़क के एक सिरे से दूसरे हिस्से तक बदहवासी से दौड़ता रहा। सड़क पर बालक के घर का नामोनिशान नहीं था। सड़क पर बने तमाम घर अपनी जगह मौजूद थे। बाकी इमारतें भी अपनी जगह महफूज थीं। नहीं था तो बालक का ही घर रोता, हाँफता, घबराया हुआ बदहाल हालत में वह डेयरी पर पहुँचा और डेयरी मालिक से रोते हुए बोला कि मुझे मेरा घर नहीं मिल रहा है···

मित्र ने बताया कि बालक के स्कूल जाते ही नगरनिगम का दस्ता बुल्डोजर लेकर इलाके में आ धमका। दो-चार झुग्गीवालों को आनन-फानन में अपना असबाब बटोरकर भागना पड़ा। बालक के माता-पिता भी बरतन-भाँडे लेकर भाग गए। बालक को घर मिलता भी तो कहाँ मिलता, लेकिन बालक को कौन समझाता कि उसे उसका घर नहीं मिल रहा तो क्यों नहीं मिल रहा··· ?

किस्सा खत्म कर डॉ. डोगरा बोले, "क्या समझे यात्रीजी? मुझे भी मेरा घर नहीं मिल रहा। मुझ जैसे लाखों लोग हैं, जिन्हें उनका घर नहीं मिल रहा। वे यहाँ भी हो सकते हैं और कश्मीर में भी···।

□

सुपरकॉप के साथ भीतर की यात्रा

हुआ यूँ के···एक पत्रकार मित्र ने एक दोपहर अचानक फरमान जारी किया कि कल सुबह शताब्दी ट्रेन से लखनऊ चलना है। शताब्दी ट्रेन के नाम से ही मुझे जाड़ा चढ़ता है। पूछने पर बताया कि सिद्दीकी (गाजियाबाद विकास प्राधिकरण विद्युत् खंड के तत्कालीन अधिक्षण अभियंता) भी साथ चलेंगे।

"काम क्या है?"

पूछने पर बताया कि काम उनका (सिद्दीकी साहब का) ही है।

"काम सिद्दीकी साहब का है तो हम क्या करेंगे?"

इस सवाल का जवाब नहीं मिला तो मैंने जाने से इनकार कर दिया। 'मान-न-मान मैं तेरा मेहमान···' रवैए का मैं घनघोर विरोधी हूँ। 'यानी लेना एक, न देना दो···' तो फिर काहे दाल-भात में मूसलचंद बना जाए?

यह वाकया संभवतः 1993-94 का है। तो हुआ यूँ के···दिन भर मेरी घेराघोटी होती रही। अगले दिन का सूरज उगने से पहले ही सिद्दीकी साहब के ड्राइवर ने कॉलबेल आ बजाई। पत्रकार मित्र कार में पहले से विराजमान थे। चूँ-चपड़ की कोई गुंजाइश ही नहीं थी। उस समय शताब्दी ट्रेन नई दिल्ली जाकर पकड़नी पड़ती थी। दोपहर के दो बजे हजरतगंज के होटल के बिस्तर पर लोट मारते हुए मैंने पत्रकार मित्र से लखनऊ आने का औचित्य एक बार फिर पूछा।

वे रटे-रटाए जवाब—'मुझे के पता···' से आगे ही नहीं बढ़ रहे थे। मैं

सोच में पड़ गया कि ऐसा कैसे हो सकता है कि भाई को माजरा ही पता न हो!

खैर, ढाई बजे तक सिद्दीकी साहब भी लखनऊ के अपने ठिकाने से धुल-धुलाकर होटल आ गए। हजरतगंज के कपूर रेस्टोरेंट में भोजन का लुत्फ उठाने के दौरान लखनऊ आने के मकसद का सवाल किसी तिनके सा फिर दाँत में अटक गया। मेरी शंका का समाधान सिद्दीकी साहब ने ही करना शुरू किया। लब्बोलुआब यह कि सिद्दीकी साहब की अपने (जी.डी.ए.) चीफ इंजीनियर से भयंकर रूप से ठन गई थी। सिद्दीकी के कहे अनुसार चीफ इंजीनियर का भी लखनऊ की पॉश कॉलोनी में एक मकान था, जहाँ बेटे के जन्मदिन की पार्टी के आगे-पीछे चोरी-चकारी जैसी कोई वारदात हो गई थी, जिसका जिम्मेदार नौकर को ठहराते हुए चीफ साहब ने नौकर की कथित रूप से इतनी पिटाई कर दी थी कि उनके खिलाफ पुलिस केस बन गया था। सिद्दीकी साहब को चीफ इंजीनियर के खिलाफ जंग फतह करने के लिए वह सुबूत हथियार के तौर पर इस्तेमाल के लिए चाहिए था।

'अब समझा तेरे रुखसार पर तिल का मतलब…,' यानी माजरा मेरी समझ में अब आया। मेरा इस्तेमाल चीफ के खिलाफ दर्ज हुए पुलिस केस में सुबूत हासिल करने के लिए होना था। बहुत हाथ-पैर मारने के बाद भी सिद्दीकी के हाथ कुछ नहीं लगा था।

अब इस सफर में अपने असबाब बनने की वजह बताता हूँ। 'सुपरकॉप' के नाम से चर्चित आई.पी.एस. अधिकारी श्री शैलजाकांत मिश्राजी मेरे अच्छे परिचितों में थे और आज भी हैं। उन दिनों वे लखनऊ में डी.आई.जी. थे। अगले दिन सुबह हमारा कारवाँ उनके दफ्तर जा पहुँचा। भेंट-मुलाकात में उन्होंने पूछा, "कैसे आए… ?"

बताया, "आपसे ही मिलने आए हैं।"

"अरे भाई, तो यहाँ क्यों आए? बँगले पर आइए।"

"कितने बजे?"

"तीन बजे।" उठने से पहले मैंने सिद्दीकी साहब से संबंधित काम की परची उनके हाथ में धरी और उनके कार्यालय से बाहर की राह पकड़ ली।

तीन बजने से कुछ पहले हम डी.आई.जी. बँगले पर पहुँचे। सिद्दीकी बोले, "आप लोग मिलकर आइए, मैं गाड़ी में ही बैठा हूँ।"

अर्दली को शायद हमारे आने की खबर थी। उसने बड़े सम्मान से हमें भीतर बैठाया। शैलजाकांतजी आए तो घड़ी देखी। पूरे तीन बजे थे। उनसे यह मुलाकात एक-डेढ़ साल के अंतराल पर हो रही थी।

कुछ देर इधर-उधर की बातों के बाद मैंने उनसे पूछा, "क्या चल रहा है?"

उन्होंने कहा, "भीतर की यात्रा।"

मैंने कहा, "अद्‍भुत होगी।"

वह बोले, "बिल्कुल!"

मैंने कहा, "इस यात्रा का मैं भी सहयात्री बन सकता हूँ क्या?"

वह बोले, "क्यों नहीं…?"

चाय की ट्रे लेकर आए सेवक ने ट्रे मेज पर रखकर कमरे की लाइट जलाई। मेरी नजर घड़ी पर गई। छह बज रहे थे। यानी तीन घंटे व्यतीत हो चुके थे। कमरे में मौन पसरा था। मैं अभी-अभी नींद से जागा था। पता ही नहीं था कि कहाँ बैठा हूँ! सामने देखा तो बतियाते हुए शैलजाकांतजी बैठे थे। मेरी दाईं ओर पत्रकार मित्र बैठे थे। बाईं तरफ दो शख्स बैठे थे। शैलजाकांतजी ने परिचय करवाया। उनमें एक सत्ताधारी पार्टी के विधायक थे, दूसरे सत्तारूढ़ दल के पदाधिकारी। मैंने अपने आप से पूछा, "ये कब आए?"

शैलजाकांतजी से विदा लेकर बाहर निकला तो उनके साथ साझा की गई भीतर की यात्रा का वृत्तांत साथ चल रहा था। मैं अभी भी शायद सम्मोहन में था। पोर्च में बारिश का पानी जमा था। हर तरफ पत्ते बिखरे पड़े थे। डालियाँ टूटी पड़ी थीं। यानी तूफान आकर गुजर चुका था। शैलजाकांतजी के भीतर की यात्रा वृत्तांत में लीन होने की वजह से संवाद में तूफान की दस्तक भी सुनाई नहीं दी थी।

मेरी तंद्रा पत्रकार मित्र के कहे 'कहाँ फँसवा दिया? तीन घंटे जाया हो गए' से हुई। उनका 'जाया हो गए…' कहना, मुझे नागवार गुजरा। जबकि

यही तीन घंटे जिंदगी की वह अनमोल निधि थे, जो पुनः मिलने वाले नहीं थे। आज लगभग तीस साल बाद भी भीतर की उस यात्रा से अभिभूत हूँ।

शैलजाकांतजी के कक्ष में बैठकर की गई भीतर की यात्रा की स्मृतियाँ धुँधली पड़ गई हैं, लेकिन अपने अनुभव के आधार पर मैं यह कह सकता हूँ कि अंतर की यात्रा कोई बड़ा रहस्य या असाध्य नहीं है, बल्कि एकांत में अपने साथ बिताए गए वक्त का वह हिस्सा है, जिसमें आप खुद से जुड़ते हैं। खुद से एनकाउंटर होता है। मेरे खयाल से हर किसी को फुरसत निकालकर अंतर की यात्रा करनी चाहिए। यह यात्रा मन में शांति और स्थिरता लाती है। कई प्रश्नों के जवाब हमें स्वयं मिलने लगते हैं।

शैलजाकांतजी से मिलूँगा तो उनके साथ भीतर की यात्रा का आनंद पुनः लेने का प्रयास करूँगा। फिलहाल आपके साथ एक सवाल और साझा करना चाहता हूँ, वह यह कि हम अंतर की यात्रा क्यों करते हैं? मुझे लगता है कि जब हम अपने अंतर से जुड़ते हैं तो हम अपने विचारों के प्रति ज्यादा सचेत होते हैं। अपने भीतर के द्वंद्व को बेहतर तरीके से समझ सकते हैं। भीतर की एक यात्रा से अधिकांश द्वंद्व खुद ही पलायन कर जाते हैं।

आज हम जिस बाह्य संसार से जुड़े हुए हैं, वह हमें विचारों के एक ऐसे जंजाल में उलझाए रखता है, जो हमें सच्चाई से दूर रखते हैं। अंतस की यात्रा से हम छिपे हुए आयाम को देख सकने के काबिल होते जाते हैं।

शैलजाकांतजी के साथ के और भी कई अनुभव और संस्मरण अविस्मरणीय हैं। उनके साथ भीतर की एक और यात्रा की अभिलाषा पूरी हो जाए तो कुछ और अनुभव भी साझा करूँगा।

□

जिनके शब्द कीमती होते हैं, वह बोलते कम हैं

हुआ यूँ के···एक मित्र का फोन आया। मुलाकात हुए भी अरसा हो गया था। गाहे-बगाहे मैं उनकी खैर-खबर लेता रहता हूँ, लेकिन उनकी तरफ से खैरियत का कोई संकेत नहीं मिल रहा था। अच्छा लगा फोन पर उनसे बतिया कर। बातचीत में वादा भी किया दर्शन करने का, और फिर एक दिन मैं उनके दफ्तर जा पहुँचा। वह मुझे तफसील से अपना हाल बताने लगे।

पिछले तीन-चार साल से वे ब्रेन ट्यूमर की गिरफ्त में हैं। एम्स (ऑल इंडिया इंस्टीट्यूट ऑफ मेडिकल साइंसेज) में दो-तीन ऑपरेशन भी हो चुके हैं। वहीं से इलाज भी चल रहा है। बाएँ हाथ ने काम करना बंद कर दिया है। लकवाग्रस्त हो गया है। मैं जब पहुँचा तो वे अपने दफ्तर की कंप्यूटर टेबल पर विराजमान थे और अपना काम निपटाने में व्यस्त थे। उनका असहयोगी बायाँ हाथ टेबल पर ही टिका हुआ था। वे काफी देर बतियाते रहे। उनकी बातों में निराशा का कोई अंश शामिल नहीं था। बीमारी का जिक्र भी उतना ही था, जितना जरूरी था। उनकी बातों में जीवंतता कूट-कूटकर भरी नजर आ रही थी। जीवन से संघर्ष का भी कोई संकेत नहीं था।

मेरे भीतर उनके जैसे जाने-पहचाने तमाम लोगों की दिक्कतों के कई सवाल सिर उठा रहे थे। इस तरह की त्रासदी से ग्रस्त लोग उन तमाम सवालों से घिरे रहते हैं, जो मैं उनसे पूछना चाहता था, लेकिन वे मुझे कतई आहत दिखाई नहीं दिए। मैं मौन की चादर ओढ़े उनके आध्यात्मिक ज्ञान की थाह ले रहा था।

उनके बेटे ने कुछ साल पहले इंजीनियरिंग की डिग्री हासिल की थी। तब से ही वे मुझसे उसकी नौकरी की बाबत कई बार जिक्र कर चुके थे। मैं सोच रहा था कि उनसे पूछूँ कि बेटे की नौकरी का क्या हुआ? लेकिन मुझे लगा कि यह माकूल समय नहीं है, उनसे यह सवाल पूछने का। मेरी एक बहन का भी पिछले साल देहांत हो चुका है। वह भी पिछले एक दशक से एम्स के लगातार चक्कर काटती रही थी। कैंसर के इलाज का क्या मतलब होता है और उसकी क्या परिणति होती है, इससे मैं वाकिफ हूँ। अपने एक परममित्र के साथ उनकी पत्नी के इलाज के लिए मैंने भी कई महीनों तक एम्स के चक्कर काटे थे। कैंसर-पीड़ित व्यक्ति किस तरह अचानक हाथ से मछली की तरह फिसल जाता है, ऐसे तमाम दृश्य मेरी आँखों में तैरने लगे।

मित्र बताने लगे कि अपने इलाज के दौरान उन्होंने कौन-कौन सी पुस्तकें पढ़ीं। मैं उनके कहे एक-एक शब्द को गौर से सुन रहा था। लोग-बाग अकसर 'अपनी बीमारी के दौरान···' से बात शुरू करते हैं। जबकी मित्र 'इलाज के दौरान···' वाक्य का इस्तेमाल कर रहे थे। ऐसे लोग अकसर अपनी रुग्णता के प्रति सहानुभूति बटोरने का कोई अवसर हाथ से जाने नहीं देते, जबकि मेरे सामने बैठे शख्स को किसी सहानुभूति की दरकार नहीं थी।

अचानक हुआ यूँ के···उनका एक सहकर्मी चाय का प्याला लिये अपनी कुरसी उनकी टेबिल के निकट सरकाकर बैठ गया। आते ही उसने मित्र को लगभग डपटते हुए कहा, "इतनी देर से देख रहा हूँ, अपना ही ज्ञान बघारे जा रहे हो···। इन बेचारों को बोलने ही नहीं दे रहे।"

उनके सहकर्मी के इस अटपटे व्यवहार और कटाक्ष से मैं हड़बड़ा गया। जबकि मित्र अपनी बीमारी की बाबत कोई बात नहीं कर रहे थे। मुझे लगा कि अपनी बीमारी से ग्रस्त मित्र शायद अपने सहकर्मी की बात का प्रतिरोध करेंगे। उलटे यह सवाल भी कर सकते हैं कि तुम होते कौन हो दखलंदाजी करने वाले? या और कुछ भी···।

प्रत्युत्तर में मित्र के चेहरे पर एक धवल मुसकान फैल गई। वह मुसकराकर बोले, "जिनके शब्द कीमती होते हैं, वह बोलते कम हैं।"

मुझे लगा मेरे सामने कोई मसीहा बैठा है। इस मुलाकात को कई दिन बीत गए, लेकिन वह निश्चल मुसकान आज भी स्मृति-पटल पर अंकित है। मुझ जैसे 'मैं मैं···' करने वाले बकरी की प्रजाति के जीवों के लिए मित्र का कहा एक सबक भी है।

□

भीतर का कोलाहल

हुआ यूँ के···अपनी बैटरी रिचार्ज करने की नीयत से मैं बिना यह तय किए कि कहाँ जाना है, जी.डी.ए. बोले तो गाजियाबाद विकास प्राधिकरण में इंजीनियर प्रशांत गौतमजी के पास जा पहुँचा। गौतम भाई संगीत के बड़े कद्रदान हैं। वे जब तक मौजूद रहते हैं, उनके कक्ष में संगीत की स्वर लहरियाँ मंद सुर में बजती रहती हैं। तो हुआ यूँ के···मैं पहुँचा तो संगीत की स्वर लहरियाँ अपना जादू बिखेर रही थीं। स्वर लहरियों ने भीतर तक तृप्त कर दिया।

संगीत से शुरू हुई बात भीतर की यात्रा पर छिड़ गई। गौतम भाई धीर-गंभीर होने के बावजूद बेवजह का बौद्धिक नहीं झाड़ते। चलते-चलते बात आध्यात्म पर जा पहुँची। बात से निकली बात स्वामी ज्ञान विजय सरस्वती के शीशमहल (काठगोदाम) आश्रम तक जा पहुँची। गरमी की एक दोपहर मैंने अचानक उनके आश्रम पर धावा बोल दिया, जहाँ उनके अनुयाइयों की भीड़ लगी थी और योग साधना का शिविर चल रहा था। हुआ यूँ के···अगले ही सत्र में मुझे भी अन्य अनुयाइयों के साथ योग-निद्रा की साधना का अवसर प्राप्त हो गया।

योग-निद्रा के दौरान हुआ यूँ के···मुझे अनुभव हुआ कि मैं किसी सुनसान सड़क के किनारे टहल रहा हूँ। सड़क पर बाईं ओर दो टूरिस्ट बसें खड़ी हैं। दोनों बसों के बीच में प्रथम मंजिल पर एक ब्यूटी पार्लर है। ऊपरी मंजिल पर हरे, लाल, पीले रंग के कुछ हैंड टॉवेल टँगे हैं। योग-निद्रा की

साधना बमुश्किल पाँच-सात मिनट चली होगी। कुछ और योग साधना के बाद जलपान से निवृत्त होकर मैं हवाखोरी के लिए आश्रम से बाहर आ गया। आश्रम की गली के बाहर की सड़क नैनीताल जाती है। सड़क पर आया तो जगह कुछ जानी-पहचानी सी लगी, जबकि मैं वहाँ पहली बार ही गया था। सड़क किनारे दो टूरिस्ट बसें खड़ी थीं। उनके बीच में एक ब्यूटी पार्लर था। ब्यूटी पार्लर की ऊपरी मंजिल की रेलिंग में हरे, लाल, पीले हैंड टॉवेल सूख रहे थे।

हुआ यूँ के˙˙˙यह मंजर देखकर मेरा ऊपर का दम ऊपर और नीचे का दम नीचे रह गया। मुझे भान हुआ कि योग-निद्रा के दौरान ही मैं यहाँ आया था। सवाल यह था कि शरीर जब आश्रम के फर्श पर था तो मैं यहाँ कैसे आया? अभी मैं इस सवाल का जवाब तलाश ही रहा था कि मुझे याद आया कि ऊपरी मंजिल के छज्जे पर कबूतर का जोड़ा बैठा भी देखा था। दोमंजिला मकान पर नजर दौड़ाई तो छज्जा तो दिख गया, लेकिन वहाँ कबूतर का जोड़ा नहीं था। मैं हैरान-परेशान सा इस अबूझ पहेली को सुलझाने में लगा रहा कि मैंने इस दृश्य को यहाँ आए बिना पहले कैसे देखा और वह भी इतना साफ-साफ˙˙˙ ? कुछ झकझोर और भयभीत कर देने वाले खयाल मेरे भीतर किसी नाग की तरह बार-बार फन उठा रहे थे और मैं˙˙˙मैं अपना वजूद तलाश रहा था। साथ ही यह जानने की कोशिश कर रहा था कि मैं वाकई जिंदा भी हूँ या नहीं! अपना वजूद तलाशने में मुझे काफी देर लगी। शायद कई दिन˙˙˙

तो हुआ यूँ के˙˙˙एक दिन लखनऊ जाना था। रिजर्वेशन कन्फर्म नहीं हुआ। आर.ए.सी. मिला। एक बर्थ, दो यात्री। कोढ़ में खाज यह कि रिजर्व कंपार्टमेंट में बिना आरक्षण वाले यात्रियों की भरमार। ऊपर से उनकी चिल्लपों। एक तो सीट आधी, ऊपर से शोर इतना कि सोने न दे। ट्रेन के हापुड़ पहुँचने तक खोपड़ी फटने को तैयार। अचानक योग-निद्रा का खयाल आया। नींद खुली तो ट्रेन लखनऊ के प्लेटफॉर्म पर रेंग रही थी। मेरे उठते ही साथ वाले यात्रियों ने कौतूहल से पूछा, "भाई, इस शोर-शराबे में सोए कैसे?" उनके इस सवाल पर मैं मुसकराकर रह गया।

कुछ दिनों से नींद ठीक से नहीं आ रही थी। योग-निद्रा का भी कोई लाभ नहीं मिला। तो सोचा, कहीं चल कर बैटरी रिचार्ज करवा ली जाए, तो प्रशांत भाई का दरवाजा खटखटा दिया। प्रशांत भाई से वार्त्ता के क्रम में ये तमाम बातें सिलसिलेवार हुईं। मैंने उनसे जानना चाहा कि ट्रेन में शोर-शराबे और आधी बर्थ पर मैं सुकून से निद्रामग्न हो गया, लेकिन अपने ही बिस्तर पर योग-निद्रा क्रिया के बावजूद भी मैं नींद के आगोश में नहीं जा पाया रहा हूँ; क्यों··· ?

मुझे उम्मीद नहीं थी कि प्रशांत भाई मेरे कहे का निहितार्थ तलाश पाएँगे। उन्होंने मुसकराते हुए कहा, "भाईजी, वह बाहर का कोलाहल था, जिसने ट्रेन में आपको विषम परिस्थितियों में भी सुला दिया। यह भीतर का कोलाहल है, जो आपको सोने नहीं दे रहा।"

तो···हुआ यूँ के···अब मैं यह सोच रहा हूँ कि मैं भीतर से खोखला हो गया हूँ शायद!

□

यह शो है बाबू…तीन घंटे का

हुआ यूँ के…कोरोना काल में हम भी दुनिया वालों की तरह एक तरह से अपनी कब्र में अघोषित रूप से दफन थे। यह देश-दुनिया के निजाम से अलग प्रकृति का निजाम था। माँ सजा देती है तो बालक की सुविधा का भी खयाल रखती है। कब्र के भीतर दिन गुजारने का पूरा इंतजाम और असबाब मौजूद था—एंड्रॉयड फोन, नेटवर्क, गूगल बाबा और टेलीविजन। लेकिन इन सबसे एकाकीपन नहीं कटता। धीरे-धीरे महसूस होने लगा कि हम अवसाद पथगामी होते जा रहे हैं। 660 वोल्ट करंट का सा झटका लगा तो स्वयं के डिप्रेशन की तरफ बढ़ने का अहसास हुआ।

होता भी क्यों नहीं, इस एकाकी जीवन ने स्वयं से ही साक्षात्कार का मार्ग खोल दिया। चारों ओर दार्शनिकता की बाढ़ आती महसूस हो रही थी, मानो कोई समझा रहा था—सृष्टि बनी, जीवन आया, इनसान आया, जिंदगानी आई, बचपन आया, जवानी आई, इश्क आया, मोहब्बत आई, राग आया, अनुराग आया, बिछोह आया, विरह आया, मातम आया, सुख आया, बुढ़ापा आया, रोग आया, शोक आया और…मौत आई।

हमारे मुँह से बेसाख्ता निकल ही गया—'यह शो है तीन घंटे का…' बकौल राजकपूर (अपनी फिल्म 'मेरा नाम जोकर' में वे यह साबित भी कर चुके हैं)। अभी हम राजकपूर के फलसफे की जुगाली कर ही रहे थे कि फणीश्फर नाथ 'रेणु' ने दस्तक दे दी। रेणु का गुलफाम सामने आ खड़ा हुआ। एक नया रास्ता रेणु के 'गुलफाम' ('मारे गए गुलफाम' कहानी के

नायक हीरामन) की ओर जाता दिखाई देने लगा।

आप कह सकते हैं कि मैं क्या बेतुकी बात लेकर बैठ गया? याद कीजिए, एक साल पहले के दौर में अपनी कैफियत, आप पर क्या गुजरी? हम और आप एक कठिन दौर से निकलकर आए हैं। लेकिन बदकिस्मती से वह दौर एक बार फिर हमारे सामने खतरनाक तरीके से मुँह बाए खड़ा है। तो हुआ यूँ के'''हमने जब अपनी ओर आते अवसाद की पदचाप सुनी तो मुक्ति का मार्ग तलाशना शुरू किया। किसी स्याने ने कहा है कि पुस्तक से अच्छा दोस्त कोई नहीं, लिहाजा हम बिना हीला-हवाला किए 'तीसरी कसम' के शरणागत हो गए। प्रसंगवश यहाँ यह बताना आवश्यक है कि 1965 में प्रख्यात गीतकार शैलेंद्र ने महानायक और महानतम निर्देशक राजकपूर के साथ मिलकर 'तीसरी कसम' फिल्म बनाने का काम किया था।

21वीं सदी के दो दशक बीत जाने के बाद तमाम सुख-सुविधाओं से संपन्न इस दुनिया में 'हाउस अरेस्ट' की अवस्था में पहुँच चुके मुझ जैसे बंदे के पास करने के लिए खास कुछ नहीं था। टी.वी. रिमोट और मोबाइल फोन के बटन या की-पैड भी इस ऊब, निरसता और एकाकीपन से निजात नहीं दिला पा रहे थे। अखबार आना भी बंद हो चुका था। जिंदा और सजग रहने के लिए कोई शगल भी जरूरी था। 'हाउस अरेस्टिंग' के दौर में यादों को खँगालने से बेहतर शगल और क्या हो सकता था? यह भटकन 'रेणु सारिणी' में ले गई। किशोरावस्था में पढ़ी कहानी 'मारे गए गुलफाम' इंटरनेट पर तलाश कर पढ़ी। कहानी क्या होती है, उसका ट्रीटमेंट क्या होता है, कहन क्या होता है, दृश्य, बिंब, जमीन, यानी कहानी के तमाम तत्त्व और अव्यव क्या होते हैं? कहानी कहने या गढ़ने के मामले में 'मारे गए गुलफाम' माइल स्टोन है। 'मारे गए गुलफाम' कहानी क्राफ्टमेंटशिप का हुनर भी सिखाती है। बात शैलेंद्र से शुरू होती हुई रेणु तक जा पहुँची, जो स्वाभाविक भी है। दोनों एक ही जमीन, एक ही आंचलिकता से आते हैं।

तो हुआ यूँ के'''‘गुलफाम' के चक्कर में मैं मूल विषय से भटक गया। फिल्म 'तीसरी कसम' में कुल जमा नौ गीत हैं, एक-से-एक बेहतरीन, बार-

बार सुनने को आमंत्रित करने वाले। जिन लोगों ने 'मारे गए गुलफाम' कहानी नहीं पढ़ी उन लोगों को मेरी सलाह है कि कहानी को तलाश कर पढ़ने के साथ-साथ 'तीसरी कसम' के गीतों का आनंद भी बार-बार लीजिए। हाँ तो··· मेरी पहले कही बात जेहन में रखिएगा (···जोकर में राजकपूर कहते हैं—पहला घंटा बचपन, दूसरा जवानी और तीसरा घंटा बुढ़ापा, यह शो है बाबू··· तीन घंटे का), क्योंकि यहाँ से आपको छह दशक पीछे जाना है, यानी 1965 में शैलेंद्र निर्मित 'तीसरी कसम' में।

शैलेंद्र 'तीसरी कसम' फिल्म बनाने पर क्यों आमादा थे? जबकि रेणु (फणीश्वर नाथ) सहित राजकपूर भी उन्हें नसीहत दे चुके थे फिल्म निर्माण का जुआ न खेलने का। राजकपूर निर्देशित-अभिनित 'तीसरी कसम' विश्व की सर्वश्रेष्ठ फिल्मों में शुमार होने के बावजूद शैलेंद्र को ले डूबी। कहते हैं 'तीसरी कसम' के बाद शैलेंद्र खत्म हो गए।

कोरोना काल में मैं जब अपने ही घर में हाउस अरेस्ट था तो यह सोचने को मजबूर था कि शैलेंद्र को 'तीसरी कसम' फिल्म बनाने की जिद क्यों थी? क्या साबित करना चाहते थे शैलेंद्र? जब हाउस अरेस्ट हुआ, टी.वी. पर देश-दुनिया का हाल देखा तो शैलेंद्र की जिद समझ आई। शैलेंद्र रेणु से भी आगे जाकर इस दुनिया को अपनी कसौटी पर तौल रहे थे। 'दुनिया बनाने वाले क्या तेरे मन में समाई···', 'सजनवा बैरी हो गए हमार···' और 'सजन रे झूठ मत बोलो खुदा के पास जाना है···' गीत फिल्म में किसी क्रम या तरतीब में नहीं आते, बल्कि कहानी के प्रवाह के क्रम में आते हैं। लेकिन आज जब मैं इस दुनिया को एक बार फिर कोरोना वायरस के बरअक्स एक आसन्न संकट के करीब खड़ा देखता हूँ तो लगता है कि शैलेंद्र शायद छह दशक पहले ही यहाँ आ खड़े हुए थे, जहाँ हम आज खड़े हैं। दुनिया के सबसे शक्तिशाली देशों के सबसे शक्ति-संपन्न लोग कफन-दफन के लिए तरस रहे हैं। तो···इस दौर में शैलेंद्र के जिंदगी के प्रति फलसफे को समझना और भी प्रासंगिक है। आप भी कोशिश कीजिए। मुलाहिजा फरमाइए—

"दुनिया बनाने वाले क्या तेरे मन में समाई, काहे को दुनिया बनाई,

काहे बनाए तूने माटी के पुतले, धरती ये प्यारी-प्यारी मुखड़े ये उजले,
काहे बनाया तूने दुनिया का खेला, जिसमें लगाया जवानी का मेला,
गुपचुप तमाशा देखे वाह रे तेरी खुदाई, तूने काहे को दुनिया बनाई…"

दूसरे गीत में वे फरमाते हैं—"सजनवा बैरी हो गए हमार,
चिट्ठिया हो तो हर कोई बाँचे, भाग ना बाँचे कोय,
करमवा बैरी हो गए हमार…
डूब गए हम बीच भँवर में, सरके सोलह साल,
करमवा बैरी हो गए हमार…"

तीसरा गीत कुछ यों है—"सजन रे झूठ मत बोलो, खुदा के पास जाना है,
न हाथी है, न घोड़ा है, वहाँ पैदल ही जाना है,
तुम्हारे महल-चौबारे, यहीं रह जाएँगे सारे,
अकड़ किस बात की प्यारे, ये सर फिर भी झुकाना है…"

आज हाउस अरेस्ट से मुक्त हूँ, लेकिन इर्द-गिर्द प्रेत-छाया महसूस होती है तो शैलेंद्र और रेणु याद आते हैं। आप तक मेरी बात का मर्म पहुँचा या नहीं, लेकिन बस इतनी सी बात याद रखिएगा—'शो है यह तीन घंटे का…।'

□

अजी जाइए···आप बड़े 'वो' हैं

हुआ यूँ के···फोन की घंटी बजते ही 'मल्लिका' परवीन का नाम देखते ही अनहोनी की आशंका ने घेर लिया। परवीनजी अपना तखल्लुस नाम से पहले लगाती हैं। इससे पहले भी व्हाट्सएप्प पर उनके कई मैसेज आ चुके थे, जिनमें से सुप्रभात, गुड मार्निंग जैसे तीन-चार मैसेज का मैं जवाब भी दे चुका था। हमने फोन उठाना ही मुनासिब समझा, क्योंकि 'मल्लिका' जी अनुग्रह-विग्रह में बहुत यकीन रखती हैं। समय-असमय उनका अनुग्रह बड़ा संकटदायक लगता है। उनके दुलार की चाशनी में मैं स्वयं को गुलाबजामुन की तरह पकता हुआ पाता हूँ। उनके सामने विग्रह के तमाम भेद, उपभेद, विभेद धरे रह जाते हैं। फोन की घंटी तीसरी बार बजी थी। किसी महिला के साथ ऐसी बेअदबी शोभा नहीं देती। जबकि वह आपके निकट के दायरे में 'मान न मान मैं तेरा मेहमान···' सा दखल रखती हों।

"जी···फरमाइए···" हमने अपने आप को संयत बनाए रखते हुए कहा।

"कहाँ लापता हैं···आजकल लिफ्ट ही नहीं दे रहे हैं···"

"अरे कहाँ···यहीं हैं···अजगरी हो रही है···अजगर बने पड़े हैं···दास मलूका कह गए हैं न···अजगर करे ना काम···। और आप सुनाइए···खूब लेखन हो रहा है धड़ाधड़···"

"अरे जाइए···आपको कहाँ फुरसत है···एक दर्जन से अधिक लाइव शो हो चुके हैं···आपने तो देखने की जहमत उठाई नहीं···झूठे-से ही तारीफ कर देते···बड़े 'वो' हैं आप···"

बड़े 'वो' कहने में जो कशिश थी, उसने हमारे उठकर बैठने में कैटेलिस्ट का काम किया—जिस्मानी तौर पर भी और जेहनी तौर पर भी। अजगरी से मुक्त होकर हम पलंग की पुश्त से लगकर बैठ गए। 'बड़े वो हैं…' का खिताब हमें जिंदगी में पहली बार मिला था। नैतिकता का तकाजा निभाना भी लाजमी हो गया। 'बड़े वो हैं…' की कशिश ने विग्रह के हमारे तमाम अस्त्र धराशायी कर दिए।

"अरे मल्लिकाजी…क्या बताएँ, हम तो आपके मुरीद हैं। लेकिन क्या करें…फेसबुक पर तो इन दिनों सुनामी आई हुई है। बड़े से लेकर छोटा तक, सुरे से लेकर बेसुरा तक, तुके से लेकर बेतुका तक, तुले से लेकर अनतुले तक कोरोना का मर्सिया गा रहे हैं…अब आप तो जानती ही हैं, मल्लिकाजी… कहाँ हम-आप जैसी शायरा के शैदाई और कहाँ गली-मोहल्ले में हो रहा कविता का चीरहरण। हम से तो बरदाश्त ही नहीं हो रहा जी…"

"सही कह रहे हैं, खटरागीजी! आपको छोड़कर अदब से जुड़ा हर शख्स खटराग में ही लीन है, बस आपका ही पता नहीं है, लेकिन हम छोड़ने वाले नहीं हैं आपको। इतवार को फेसबुक पर हमारा लाइव कविता-पाठ है। देश के ग्यारह नामी शायरों में आपकी मल्लिका इकलौती शायरा है।" मल्लिकाजी ने शायरों की जो लिस्ट गिनाई तो हमें रश्क होने लगा कि काश… हम भी मिसरे, जाविए, काफिए को ठोकने-पीटने का हुनर जानता तो शायरी की सुनामी में हम भी कहर बरपा रहे होते।

"जी…जी…जरूर हाजिर होता हूँ…कितने बजे है…" मल्लिकाजी का शायरी का शोरूम खुलता, उससे पहले ही शटर डाउन करते हुए हमने कहा।

"अच्छा जी, इतने भी भोले नहीं हैं आप!"

"क्या मतलब…क्या मतलब…" हकलाते हुए हम इतना ही कह पाए। हमारी समझ में नहीं आया कि हमारे भोलेपन से मल्लिकाजी का वास्ता कब और कैसे पड़ गया, क्योंकि हमारी और मल्लिकाजी की टेलीफोन पर एक तरह से यह पहली ऑफिशियल बातचीत थी।

"बड़े छुपे-रुस्तम हैं आप…साफ छुपते भी नहीं और सामने आते भी

नहीं···!" मल्लिकाजी की बातें उनकी शायरी की तरह से गूढ़ होती जा रही थीं। अनर्थ के ढेर में से हम अर्थ तलाशने की हिमाकत कर रहे थे। गुस्ताखी की कोई माकूल वजह समझ नहीं आ रही थी। ड्राइ डेज की क्रीज पर बैटिंग का स्कोर भी दिनों की हाफ सेंचुरी पार कर चुका था। बहकने की गुंजाइश कहीं-से-कहीं तक नहीं थी। कोई माकूल वजह न मिलने पर डरते-डरते पूछ ही बैठे, "हुजूर, खता क्या हुई?"

"हमने अपनी वॉल पर इतना बड़ा पोस्टर शेयर किया और आपने बस लाइक करके ही छोड़ दिया। देखिए खटरागीजी···मुझे आपकी मुकम्मल सहमति चाहिए और दो-चार अच्छे से जुमले भी···प्लीज!"

"ओ के···श्योर···श्योर···" कहते हुए हमने उनके पेज पर जाने की इजाजत माँगी, जिसे सहर्ष स्वीकार कर लिया गया।

माहे-रमजान चल रहा है। कहते हैं कि पूरे माह परवरदिगार की रहमत बरसती है, लेकिन हमें तो चारों तरफ दुश्वारियाँ ही दिखाई दे रही थीं। टी.वी. खोलो तो लाशों के जखीरे से निकलकर कोरोना अपनी तरफ आता दिखाई दे। बंद करो तो श्रीमतीजी का परपीड़ा संवाद शुरू। ले-देकर मोबाइल की शरण में चले जाओ तो फेसबुक और व्हाट्सएप्प ग्रुप कवियों के चंपुओं का टार्चर रूम बने मिलें। अब मल्लिकाजी को कैसे समझाते कि जब से फेसबुक की पतवार चंपुओं ने सँभाली है, हमें अपनी अजगरी ही रास आ रही है।

तो हुआ यूँ के···'मरता क्या न करता' की तर्ज पर हमने मल्लिकाजी की शान में लंबा-चौड़ा कसीदा पढ़ा। रविवार को उनके आग्रह पर फेसबुक भी खोलकर बैठ गए। हमारे 'चौपान' पर पहुँचने के बाद कार्यक्रम संयोजक 'अझेलजी' अवतरित हुए, जिन्होंने सभी नामी-गिरामी शायरों का इस्तकबाल करना शुरू किया। बिना किसी लाज-शर्म के उन्होंने सभी की चरण-वंदना की। इसके बाद सभी के नख-शिख वृतांत्त का एकल गान हुआ। फ्रेम में 'अझेलजी' समेत कुल जमा बारह चेहरे नजर आ रहे थे, जिन सबको अझेलजी अंतरराष्ट्रीय शायर बताते हुए उनके विदेशी दौरों की मियाद गिनवा रहे थे। 'भूल-चूक लेनी-देनी' की तर्ज पर विराजमान महाकवि 'अझेलजी'

द्वारा छोड़ दिए गए देशों का नाम फेहरिस्त में खुद ही जोड़ देते थे। अपने धैर्य पर काबू पाते हुए हम 'अझेलजी' को विराजमानों के चरणों की धूल का खिताब पाते हुए देख रहे थे। मजाल है कि किसी भी शायर ने चरणों की इस धूल के उद्धार की तरफ भी ध्यान दिया हो। आधे घंटे के स्तुति-गान के बाद मल्लिकाजी का चेहरा एक फ्रेम में अवतरित हुआ। मल्लिकाजी की शान में दो-चार कसीदे पढ़कर 'अझेलजी' ने सबसे पहले उन्हें ही आमंत्रित कर लिया।

मल्लिकाजी का चेहरा बता रहा था कि उनके वैनिटी बैग में कोई लोशन, क्रीम और पाउडर बाकी बचा नहीं होगा, जो उन्होंने चेहरे पर न पोता हो। आवाज को भरसक सुरीली बनाते हुए उन्होंने नशिस्त का आगाज किया, "मैं तमाम हाजरीन का तहे दिल से स्वागत करती हूँ! क्या आप मुझे सुन पा रहे हैं? जी, कुमार जी, नमस्कार! कैसे हैं आप? कोई मुझे बताएगा कि आवाज आ रही है मेरी? पाशाजी आदाब! आपकी तवज्जो और इनायत दोनों चाहिए। जी अझेलजी, शुरू करती हूँ। आपने मुझे इतने नामावर शायरों के बीच मौका दिया।"

"जी मोहतरमा, आपकी आवाज बिल्कुल दुरुस्त है। खवातीन, आपके अशआर का बेसब्री से इंतजार कर रहे हैं, फरमाइए-फरमाइए!" अझेलजी ने बीच में आकर न सिर्फ कमान सँभाली, बल्कि लगे हाथ मल्लिकाजी के तीन-चार शेर भी सुना दिए।

"जी, मैं क्या कहूँ, नेहाजी नमस्कार! मैं देख पा रही हूँ···फनाजी, गुलिस्तांजी, बागबांजी, जंग बहादुरजी भी जुड़ चुके हैं। मैं आप सभी की मोहब्बत की तहेदिल से शुक्रगुजार हूँ। प्यासाजी, अकेलाजी, थकेलाजी··· आप लोगों ने अपनी इस छोटी बहन को जो इज्जत बख्शी है, उसकी मैं शुक्रगुजार हूँ···मेरे बड़े भाई अझेलजी ने मुझे इस काबिल समझा···"

मल्लिकाजी अपनी बात या कलाम भी ठीक से नहीं पढ़ पाई थीं कि अझेलजी ने उन्हें यह कहते हुए फ्रेम और कार्यक्रम से आउट कर दिया, "अभी आपसे मुखातिब थीं देश-विदेश की ख्याति-प्राप्त शायरा परवीन

सुल्ताना, आइए अब इसी क्रम में सुनते हैं···शौक गुलबहारजी को।"

हमारी समझ में ही नहीं आया कि अचानक कार्यक्रम का पटाक्षेप कैसे हो गया? खटरागी क्या जाने तीन-पाँच··· ? हमें तो यही प्रतीत हुआ कि अझेलजी को 'भाई साहब' संबोधन हजम नहीं हुआ।

शौक गुलबहारजी उर्दू की डिक्शनरी सँभाले बैठे थे। भारी-भरकम जुमलों के साथ वह हम जैसे दादियों (दाद देने वाले) का नाम उसी अदा में पढ़ते जा रहे थे, जैसे कुछ देर पहले 'मल्लिका' परवीनजी पढ़ रही थीं। लेकिन हमारे भेजे में यह बात अब तक नहीं घुस पा रही कि अझेलजी ने अंतरराष्ट्रीय शायरा 'मल्लिका' परवीन को 'परवीन सुल्ताना' क्यों कहा?

□

श्री श्री 1008 पाखंडानंदजी महाराज

हुआ यूँ के···और दिनों के मुकाबले उस दिन मैं कुछ जल्दी उठ गया था। सुबह छत पर टहलने का नियम आज भी बरकरार है। सूरज अभी पूरा निकला नहीं था, लेकिन उजाला भरपूर था। एक रिक्शा आकर घर के चौराहे पर रुक गया, जिसमें से मिठाई का डिब्बा सँभालते बावर्दी एक दरोगाजी उतरे। भाड़ा चुकाते हुए बगल से गुजर रहे व्यक्ति से उन्होंने कुछ पूछा। दोनों के बीच हुए वार्त्तालाप को तो मैं सुन नहीं सका, अलबत्ता उस व्यक्ति ने मेरी ओर इशारा करते हुए कहा, "वह बेहतर बता सकते हैं···।" साथ ही मुझे भी ताकीद करते हुए बोले, "इन्हें किसी गुरुजी की तलाश है।"

मेरे पूछने पर वर्दीवाले ने कहा, "गुरुजी यहीं रहते हैं।"

"नाम-पता क्या है?"

"नाम तो याद नहीं···कुछ रेलयात्री-सा है।"

मैं समझ गया। पिताश्री से मिलने आया है। मैंने ऊपर आने का इशारा कर दिया। दरोगाजी को ड्राइंग रूम में बैठाकर मैं चाय-पानी में व्यस्त हो गया। चाय-पानी लेकर पहुँचा तो देखा दरोगाजी जमीन पर बिछे कालीन पर बैठे पिताश्री के चरण दबा रहे थे। उनसे फारिग होकर मैं फिर छत पर जा चढ़ा। आँगन में निकलकर पिताश्री ने मुझे हाँक लगाते हुए कहा, "शायद ये तुमसे मिलने आए हैं।"

"मुझसे मिलने··· ?" पिताश्री से पूछते हुए मैंने खुद से सवाल किया, 'मुझसे मिलने हरदोई से कोई दरोगा क्यों आएगा?'

मैंने जाकर दरोगाजी से कैफियत पूछी। वह बदस्तूर कालीन पर ही विराजमान थे। मैंने उनसे सोफे पर बैठने को कहा, लेकिन वे यथावत् बैठे रहे। अचानक उन्होंने मेरे पाँव पकड़ लिये और बोले, "गुरुजी, आपने मेरा उद्धार कर दिया···आपकी कृपा से पुलिस में दरोगा हो गया हूँ। इस जिंदगी के अब आप ही मालिक हैं।" कहते हुए दरोगाजी ने मिठाई का डिब्बा खोलते हुए कहा, "गुरुजी, मुँह मीठा कीजिए···एक बांगड़ को आपने आदमी बना दिया।"

पड़ताल के बावजूद पहचान का एकमात्र सूत्र 'रेल-यात्री' से आगे नहीं बढ़ पा रहा था। क्राइम रिपोर्टर होने के नाते पुलिस महकमे से प्रत्यक्ष ताल्लुक के बावजूद मैं दरोगाजी को पहचानने में असमर्थ था। माजरा समझ से बाहर का था। एक पुलिसवाले के उद्धार से मेरा क्या ताल्लुक ? मुझे लगा, पिताश्री का छात्र रहा होगा कॉलेज में, जो किसी गफलत की वजह से ठीक से पहचान नहीं पा रहा है। उसकी काया और बातचीत से अब वह दरोगा कम, बहुरूपिया ज्यादा नजर आने लगा था। पीछा छुड़ाने की गरज से मैंने कहा, "ठीक है भाई, यह सब छोड़िए और ऊपर बैठकर इत्मिनान से चाय पीजिए!"

"पहले आशीर्वाद दीजिए···आपके श्रीचरणों में से तभी उठूँगा, जब आपका आशीर्वाद मिल जाएगा।" बड़ी विडंबना थी। 'मान-न-मान मैं तेरा मेहमान।' पिताश्री और मेरे अलावा कोई और अभी तक जागा नहीं था। औरों के उठने से पहले इस मुसीबत को रफा-दफा करना जरूरी था। 'मरता क्या न करता' की तर्ज पर मैंने तमाम दिमागी घोड़े दौड़ाने शुरू कर दिए।

नौकरी के चलते लखनऊ आना-जाना अकसर बिना रिजर्वेशन के ही होता था। सफर आराम से काटने की नीयत से उस दिन काशी विश्वनाथ ट्रेन में नई दिल्ली से सवार हुआ था। ट्रेन के सरकने के साथ ही बैठने के लिए थ्री टियर में किया गया जुगाड़ धराशायी हो गया। वे तीन लोग थे—चटर्जी, बनर्जी, मुखर्जी टाइप···टू बाई टू··· । ट्रेन के सरकते ही उन्होंने टिफिन खोलने शुरू कर दिए। टिफिन के डिब्बे बर्थ पर फैलाते हुए उनमें से एक ने मेरी बर्थ की बाबत पूछा। मेरे यह कहते ही कि रिजर्वेशन नहीं है, उसने हिकारत

भरी एक निगाह मुझ पर डाली और बैठे-बैठे ही पीछे की ओर सरकना शुरू कर दिया। पूरी बर्थ पर टिफिन के डिब्बों के अलावा हम दो जने ही बैठे थे। लेकिन उनका मेरी ओर सरकना इस बात का संकेत था कि रिजर्वेशन न होने की सूरत में मेरा वहाँ बैठना वर्जित है। हम जैसे गैर-रिजर्वेशन वालों की ट्रेन में हालत अछूत या फुटबॉल जैसी होती है। इस बर्थ से उस बर्थ तक हम अपना वजूद तलाशते हुए सफर पूरा करते हैं।

संकेत समझते हुए मैं बर्थ से उठ गया। उन सज्जन ने विजय भाव से मेरी ओर देखा और भोजन में लीन हो गए। मैं उनके भोजन समापन की प्रतीक्षा करने लगा। भोजन से फारिग होकर वे लोग बर्थ खोलकर, उस पर चादर बिछाकर पसर गए। उनके लेटने के बावजूद बर्थ पर दो लोगों के बैठने की भरपूर जगह थी। जिन एक-दो जिन यात्रियों ने उस खाली जगह पर बैठने का मनसूबा पाल रखा था, बर्थ पर चादर बिछाने के दौरान उन टू बाई टू ने यह संकेत साफ तौर पर दे दिया कि अपने साम्राज्य में बाहरी दखल उन्हें बरदाश्त नहीं है।

साइड लोअर बर्थ पर टिकने भर की जगह तलाश कर मैं बेशर्मों की तरह टिक गया। पता नहीं मुझे क्या सूझा कि मैं सामने खड़े युवक से बोला, "जरा अपना हाथ दिखाना…।" जवाब में उसने हथेली मेरे आगे कर दी। मेरे कहे पर वह हाँ-हूँ करता रहा। हमारा वार्त्तालाप सुन रहे लेटे हुए सज्जन अपनी बर्थ पर कुछ सिकुड़ गए और हम दोनों के बैठने के लिए उन्होंने उदारता से जगह का दान भी किया। उनकी उदारता यहीं खत्म नहीं हुई। कंपार्टमेंट में से गुजर रहे वैंडर से लेकर उन्होंने मना करने के बावजूद जबरन कॉफी भी पिलवाई। युवक का हाथ देखकर मैं फारिग हुआ ही था कि बर्थधारी सज्जन ने उठकर बैठते हुए अपना हाथ मेरी ओर सरका दिया। हापुड़ में पिलाई गई उनकी कॉफी का कर्जा चुकाना लाजिमी था। हाथ को उलट-पलटकर अंगुलियों के चक्र और शंख गिने। हथेलियों को जोड़कर दोनों हाथ की रेखाओं का मिलान किया। मेरे कहे से वे खासे मुतमइन थे, जबकि संतुष्टि जैसी कोई बात मैंने उन्हें बताई भी नहीं थी। जो भी अलम-पट्ट मैं बके जा रहा था, उस पर

वे 'हाँ-हूँ' किए जा रहे थे। उनकी संतुष्टि का अंदाजा मुझे तब हुआ, जब उन्होंने मुझसे दक्षिणा पूछी।

'राम-राम' करते मैंने उनके हाथ से मुक्ति पाई ही थी कि एक अन्य सज्जन ने अपनी खुरदुरी हथेली मेरे हाथ में थमा दी। पूरा हाथ दो-तीन बार उलट-पलट लिया, लेकिन तुक्का कहाँ से लगे, वह सिरा हाथ नहीं आ रहा था। मैंने उनके हुलिए पर गौर करना शुरू किया। पकी उम्र, सुतवा शरीर, तुर्रेदार मूँछ। रेत, गारे, सीमेंट में सने जूते, बदन पर मुचड़ा सा सिलवट से भरा कीमती सफारी सूट। कलाई पर चमचमाती घड़ी और हाथ में पुरानी पेंट से बनाया गया कपड़े का थैला। उनके हुलिया से समूचे व्यक्तित्व का अंदाजा लगाना मुश्किल था। मामला जटिल से दुर्गम होता जा रहा था। बात शुरू करने का कोई सिरा मिल ही नहीं रहा था। सारी गड़बड़ी जूतों ने कर दी थी। उनके हुलिए से जूते कतई मेल नहीं खा रहे थे। किसी तुक्के की तलाश में उनकी हथेली मैंने एक बार और पलटी। उन्होंने चाँदी की अँगूठी पहन रखी थी मोती वाली। मोती खंडित था। मेरे हाथ तुक्का नहीं तीर लगा था। अब यह मेरे ऊपर था कि मैं उसे इस तरह चलाऊँ कि वह ठीक निशाने पर लगे, क्योंकि अब कई उत्सुक यात्रियों की निगाहें भी हम पर टिक गई थीं।

तीर तरकश पर चढ़ाने से पहले मैंने खुद से ही कहा, 'हो न हो, भाई है तो फौजी।' टटोलने के से अंदाज में मैंने कहा, "आप फौ… ?" मानो वह यह सुनने को ही आतुर था। मेरा वाक्य, जिसे मैंने जानबूझकर अधूरा छोड़ दिया था, के पूरा होने का इंतजार किए बगैर ही उसने पूरा कर दिया, "हाँ जी… फौजी हूँ… !" तीर निशाने पर लगा देख मैंने रुकी हुई साँस तसल्ली से पूरी की। उनकी अँगूठी को घुमाते हुए, "कोई हादसा…" कहते हुए मैंने अपनी बात जानबूझकर इस तरह अधूरी छोड़ी, जैसे मैं उन्हें कोई गंभीर बात बताने वाला हूँ।

"हाँ जी…लड़की का मकान बनवा रहा था, लेकिन उसका लेंटर ही नीचे आ गिरा। ऊपर वाले का बड़ा करम हुआ, जान बच गई।"

"वही तो…वही तो…" कहते हुए मैंने उनकी अँगूठी का मोती उन्हें

दिखाते हुए कहा, "यही तो मैं सोच रहा हूँ कि आपके साथ हुए जानलेवा हादसे में आपकी जान कैसे बच गई? देखिए, आपके ऊपर आई बला इस मोती ने अपने सिर ले ली···।" मैं यह सोच ही रहा था कि क्या कहूँ कि पिंड छूटे वह खुद ही पूछ बैठा, "तो···अब क्या करूँ···?"

मैंने बैग में से नोटबुक निकालकर एक पन्ना फाड़कर उसमें अँगूठी लपेटकर सौंपते हुए कहा, "मोती को गंगा में विसर्जित कीजिएगा···पूरे विधि-विधान के साथ और इस बार माणिक धारण कीजिएगा।"

"जी···" हाथ जोड़ते हुए उन्होंने कहा, "आपकी दक्षिणा?"

"मैं कोई ज्योतिषी नहीं हूँ, बस शौकिया करता हूँ।" पिंड छूटने पर राहत की साँस लेते हुए मैंने कहा। इस दौरान हमारे बर्थधारक यात्री घनघोर उदारता का परिचय देते हुए फौजी को भी बर्थ में समाहित कर चुके थे। ट्रेन मुरादाबाद स्टेशन पर खड़ी थी। बर्थ पर बैठते ही फौजी ने एक वेंडर से डबल सेवन की दो बोतल और समोसे लेकर जबरन मेरे हाथ में पकड़ा दिए। मैं अभी समोसे और कोल्ड ड्रिंक का भरपूर मजा ले भी नहीं पाया था कि दूसरी ओर से आवाज आई, "शाहजी, इत्थो आकर बैट्ठो···जगह-ही-जगह होंदी।" सरदारजी के साथ के अन्य लोगों ने भी उनका भरपूर समर्थन किया तो मुझे उनका आग्रह स्वीकार करना पड़ा।

मैं सरदारजी के साथ अभी बर्थ पर ठीक से बैठा भी नहीं था कि सामने बैठे एक सज्जन ने सवाल उछाल दिया, "आप कौन सी विधि से हाथ देखते हैं?" हाथ देखने के बाबत कुछ जानता तो कुछ कहता। सामने ऐसा संकट आ खड़ा हुआ, जिसका जवाब देना लाजिमी था। कुछ नहीं सूझा तो कह दिया, "वैदिक रीति से।"

"ऐसी तो कोई रीति ही नहीं होती···बेवकूफ बना रहे हैं आप लोगों को।" कहते हुए उन महाशय ने मुझ पर जुबानी हमला बोल दिया। मैं यह सोचकर सकपका गया कि यह वास्तविक जानकार कहाँ से प्रकट हो गया? उन महाशय की बात का मेरे पास न कोई जवाब था, न ही कोई जवाब सूझ रहा था। मेरे कुछ कहने से पहले ही सरदारजी और उनके साथ के लोग उन

महाशय से भिड़ गए। महाशय का कहना था कि ऐसी कोई रीति नहीं होती। जबकि मेरे समर्थन में अड़े लोगों का कहना था, "होती कैसे नहीं है···, "सारी गलां चंगी बताईं···अजी", तुस्सी फसाद छड्डो

साड्डा हाथ वेक्खो···।" सरदारजी द्वारा बरेली में खरीदी गईं पकौड़ियाँ इस बात की गवाही दे रही थीं कि यह मोर्चा भी फतह हो चुका था।

लेकिन संकट के पहाड़ की यात्रा अभी बाकी थी। "ले देख···" कहते हुए एक नौजवान ने अपनी भारी-भरकम हथेली मेरे हाथ में थमा दी। काफी वजनदार और सख्त हाथ था। मैंने एक नजर उसके डील-डौल पर डाली। देखने में ही मवाली लग रहा था। आधी बाजू की कमीज के ऊपर के तीन बटन खुले हुए थे। आधी बाजू की कमीज होने के बावजूद दोनों आस्तीन मुड़ी हुई थीं, जिसकी वजह से उसके डोले-शोले खूब चमक रहे थे। कलाई पर कट का ऐसा लंबा निशान है, जो चाकूबाजी में ही लग सकता है। उसके हाव-भाव से मैंने अंदाज लगा लिया था कि पुलिस के इस भगोड़े से मेरी यह मुठभेड़ घातक ही सिद्ध होगी। मेरे तीर-तुक्के दुरुस्त चल रहे थे। उससे प्रारंभिक बातचीत का लब्बोलुआब यह था कि पुलिस में सिपाही उसका बाप उसे भी अपने महकमे में भरती करवाना चाहता था, लेकिन गलत संगत की वजह से वह अपराध की राह पर चल पड़ा था। अब तक की बातचीत से यह संकेत मिल चुका था कि अकड़ और अक्खड़पन उसमें इस कदर भरा हुआ है कि वह कब किसका टेंटुआ दबा दे, उसे खुद नहीं पता। उसे यकीन था कि मुठभेड़ में पुलिस उसे कभी भी मार सकती है। उसने एनकाउंटर से बचने का उपाय पूछा तो मैं सकपका गया। उसके दो-तीन बार पूछने पर भी कोई उपाय नहीं सूझ रहा था। 'क्या उपाय बताऊँ?' मैंने इस आशंका से उसकी हथेली मजबूती से थाम ली कि वह कहीं मेरा टेंटुआ ही न दबा दे।

"बचने का उपाय बताओ, गुरुजी···" उसकी भारी-भरकम आवाज इस बात का संकेत थी कि उसके प्रकोप से बचने का उपाय मुझे किसी भी सूरत में तलाशना था। अचानक मेरे दिमाग में एक विचार कौंधा। मैंने उसे उपाय बता दिया।

और उस दिन संकट का पहाड़ नजर आ रहा शोहदा आज बावर्दी मेरे सामने बैठा है। कई साल पुराना घटनाक्रम मेरे आँखों के सामने घूम गया। मैंने पूछा, "यह चमत्कार हुआ कैसे?" वह बोला, "आपका बताया उपाय कारगर रहा, गुरुजी। मैंने तुलसी के ग्यारह पौधे अलग-अलग जगह पर लगाए। सात हफ्ते तक किसी को भी सूखने नहीं दिया। देख लो, आज आपके सामने बैठा हूँ सही-सलामत। बाप ने कोशिश करके पुलिस में लगवा दिया तो मैंने भी सोचा कि कफन सिर पर बाँधकर घूमने से तो यही बेहतर है।"

याद आ गया मुझे भी कि उससे जान छुड़ाने के लिए ही मैंने उसे यह उपाय बताया था। उसके स्वभाव से परिलक्षित हो रहा था कि किसी के सामने उसने झुकना नहीं सीखा था। तुलसी के ग्यारह पौधों ने सात हफ्ते सुबह-शाम उसके हाथों पानी पीकर उसे झुकना सिखा दिया था। उसकी समझ में यह बात आई हो कि न आई हो, लेकिन मेरी समझ में यह बात जरूर आ गई थी कि श्री श्री 1008 आलोकानंदजी महाराज, पाखंड के रास्ते अज्ञानियों का भविष्य उज्ज्वल क्यों है।

□

वाहवाही की ललक उर्फ टमाटर के दाम

हुआ यूँ के···जून की भरी दोपहरी में मुझे सामने देख मौसी के मुँह से बेसाख्ता निकला, "अरे बावले, ऐसी गरमी में कहाँ मारा फिर रहा है?"

"अरे मौसी, मैं तो आपको ही देखने आया हूँ।" लाड़ जताते हुए मैंने कहा।

"अरे, मौसी कौन सी मरी जा रही थी, जो आग बरसती धूप में आया है! लू-वू लग गई तो लेने के देने पड़ जाएँगे। आज घर में कोई है भी नहीं। तेरे मौसाजी फैक्टरी गए हैं और तेरी भाभी चार दिन से मायके गई है और विजय भी बाहर गया है।"

मौसी प्रवचन में अव्वल थीं, लेकिन थीं दिल की साफ। प्रवचन के बीच मैं हाथ-मुँह धोकर पानी का गिलास लेकर सुस्ताने बैठ गया।

"तू भी ऐसे समय आया है कि घर में कोई सब्जी भी नहीं है, खाएगा क्या?"

भूख तो वाकई लगी थी और जोरदार भी। पानी लेने रसोई में गया था तो मौसी की रसोई टटोल आया था। चपाती के डिब्बे में एक पराँठा रखा था। एक भरवाँ करेला भी कटोरी में था।

चारपाई से उठने का उपक्रम करते हुए बोली, "क्या खाएगा, क्या बना दूँ?"

सवाल वाकई टेढ़ा था। एक तरफ घर में सब्जी न होने की दुहाई और दूसरी ओर पकाने पर भी जोर। मैंने भी टालने के अंदाज में कहा, "कहाँ झंझट

में पड़ती हो मौसी, आपके हाथ की तहरी भी लाजवाब होती है, वही खाएँगे।"

"एक काम कर, तू कुछ सब्जी ले आ!" मौसी ने बटुवे में से बीस रुपए का नोट निकालकर मुझे थमाते हुए कहा।

यह वाकया मेरे लखनऊ प्रवास का है। मैं अमीनाबाद के कश्मीर होटल में रहा करता था और यदा-कदा मौसी के घर कुंडरी रकाबगंज चला जाता था। समय भी एक बजे से ऊपर हो रहा था। तसल्ली की बात यह थी कि मंडी घर से दूर नहीं थी। मौसी ने बाकायदा बताया था कि क्या-क्या लाना है—अरवी, लौकी, प्याज, टमाटर, हरा धनिया, अदरक, हरी मिर्च, नीबू वगैरह-वगैरह।

सब्जी लेकर घर पहुँचा तो मौसी हिसाब लेने बैठ गईं। कुल साढ़े सत्रह रुपए खर्च हुए थे। बोलीं, "क्या भाव लाया?" मैंने मुट्ठी में बचे ढाई रुपए उन्हें थमा दिए। सब्जियों के दाम मैंने पूछे भी नहीं थे। आधा किलो, एक किलो, पाव भर कहकर ही काम चलाया था। दुकानदार ने जो पैसे बताए, वह चुका दिए। अब सब्जियों के दाम बताना वाकई टेढ़ी खीर था। गरमी से भन्नाई खोपड़ी में से मैं सब्जियों के दाम खोजने की कोशिश कर ही रहा था कि मौसी पूछ बैठी, "टमाटर क्या भाव लाया?"

दाम तो पूछे नहीं थे, लिहाजा अंदाजे से ही बता दिया, "चार रुपए किलो।"

"चार रुपए किलो!" कहते हुए मौसी बम की तरह फट पड़ी। तीखे लहजे में उन्होंने दोहराया, "चार रुपए किलो?"

उनके इस अप्रत्याशित सवाल से मुझे लगा कुछ गड़बड़ हो गई है। मौसी आँखें तरेरकर मेरी तरफ देख रही थीं। मुझे लगा, मानो मैंने कोई घनघोर अपराध कर दिया है। बचने की कोई सूरत नजर नहीं आ रही थी। मरी सी आवाज में मैंने कहा, "जी, चार रुपए किलो।"

"सच्ची!"

"हाँ जी।" कहते मैंने गरदन हिला दी। मौसी लौटाए हुए पैसे बटुवे में रखने में व्यस्त हो गईं तो मैं तसल्ली से कुरसी पर बैठ गया। सब्जी का

थैला लेकर मौसी रसोईघर की ओर गईं तो जरूर, लेकिन लौटीं एक बड़ा थैला लेकर और मुझे बीस रुपए थमाकर बोलीं, "पाँच किलो टमाटर और ले आ!"

'मरता क्या न करता!' मंडी पहुँचकर टमाटर का भाव पूछा। एक सिरे से दूसरे सिरे तक टमाटर एक ही भाव बिक रहा था—पच्चीस रुपए किलो। मौसी के 'सच्ची' कहने का अर्थ अब समझ आया था। बड़ा धर्म-संकट था। क्या करूँ, क्या न करूँ, मौसी के दिए पैसों में एक किलो टमाटर भी नहीं आने थे। मैंने हिसाब लगाया, लगभग चार किलो टमाटर के दाम जेब से चुकाने पड़ेंगे। काफी चिरौरी के बाद एक युवक चौबीस रुपए किलो टमाटर देने पर राजी हुआ। जेब कटने से बचने की कोई सूरत नहीं थी। अलबत्ता दिमाग में यह आइडिया आया कि पाँच की जगह साढ़े चार किलो टमाटर ले लिये जाएँ। मौसी कौन सा तौलेंगी? लगभग बानबे रुपए जेब से शहीद कर हम घर को लौटे।

दरवाजा मौसी की मझली बिटिया शशि दीदी ने खोला। वह मौसी के मौहल्ले में कुछ दूर पर रहती थीं। मेरा तमतमाया लाल सुर्ख चेहरा देख उन्होंने भी वही सवाल दोहराया, जो कुछ देर पहले मौसी पूछ चुकी थीं, "ऐसी गरमी में कहाँ मारा-मारा घूम रहा है? लू-वू लग गई तो?"

मेरी जगह जवाब मौसी ने दिया, "सब्जी लेने भेजा था।"

ऐसी गरमी में सब्जी लेने, मारोगी बेचारे को?"

"अरे, अगर यह नहीं आता तो मुझे तेरे पिताजी की करतूतों का ही पता नहीं चलता।"

"कैसी करतूत?" असमंजस से घिरते हुए बहनजी ने पूछा।

"अरे, अपनी चाट-पकौड़ी, चग्गे-मग्गे के पैसे भी घर की सब्जियों में से निकालते हैं। यह न आता तो मुझे तो टमाटर का भाव ही पता नहीं चलता। यह लाया है चार रुपए किलो और तेरे पिताजी लाते हैं पच्चीस रुपए किलो। मैंने तो पाँच किलो मँगवा लिये। सॉस बना लूँगी।"

"हैं भैया! सच्ची? चार रुपए किलो?" यह कहने के साथ ही बहनजी

ने पर्स खोलकर पैसे पकड़ाते हुए पाँच किलो टमाटर लाने का फरमान सुना दिया। टमाटर का भाव जानते ही कुछ देर पहले दिखाया जा रहा उनका दया-भाव अचानक काफुर हो गया।

मैं जेब पर होने वाले इस अप्रत्याशित हमले से निपटने की उधेड़बुन में था कि मौसी के प्रवचन शुरू हो गए, “आने दे आज उन्हें, एक-एक पाई का हिसाब लूँगी।” मुझे पता था कि मौसी का कैसेट शुरू हो गया तो देर तक बजेगा। मौसी के प्रवचन झेलने से बेहतर सड़क पर पसरी तपिश झेलना था। थैला ले मैं मंडी की ओर चल दिया।

मुझे देखते ही दुकानदार मुसकराने लगा। “कितने तौल दूँ, दुकान खोल ली क्या ?”

“साढ़े चार किलो दे दो, भाई।”

“मियाँ, साढ़े चार किलो का क्या टोटका है ?” दुकानदार ने रहस्यमय नजरों से घूरते हुए पूछा।

“मत पूछ भाई, वक्त की मार है।”

घर पहुँचा तो बहनजी मेरा और मौसी का खाना डाइनिंग टेबल पर लगा रही थीं। भोजन कर मैं तो लंबी तानकर सो गया। मेरी आँख मौसी के प्रवचनों से खुली। “बुड्ढे हो गए, शर्म नहीं आती! अपनी चाट-पकौड़ी के पैसे घर की सब्जियों में से उड़ाते हो! जिंदगी भर यही किया है, मुझे बेवकूफ बनाते रहे, चोरी-छिपे कुल्फी-फलूदा खाकर मुटिया रहे हो, जानती नहीं हूँ क्या मैं तुम्हें!”

ठीक मेरी चारपाई के सामने कमरे के बाहर मौसाजी डाइनिंग टेबल पर बैठे चाय पी रहे थे।

बिस्तर पर चादर में हिलने-डुलने से उन्हें मेरे जागने का अहसास हो गया था। उन्होंने चाय पीने के लिए मुझे आवाज दी। लेकिन मौसी के प्रवचन के चलते मौसाजी से आमना-सामना करने की मेरी हिम्मत नहीं हो रही थी।

“अरे उठ, मुँह-हाथ धो ले भाई।” मेरी चादर खींचते हुए मौसाजी ने कहा।

बाहर लॉबी में मौसी के प्रवचन यथावत् जारी थे। मौसाजी दोनों प्याले और मेरी चाय का कप लेकर रसोई की ओर चले गए। मेरी चाय गरम कर लाने के साथ वह बिस्कुट भी ले आए थे।

सब्जी काटती मौसी का प्रवचन यथावत् जारी था। "लड़का नहीं आता तो मुझे तो सब्जी के भाव ही पता नहीं चलते। पच्चीस रुपए किलो टमाटर लाते हैं, ऐयाशी के पैसे भी घर की सब्जियों से मारे जाते हैं। सीखो, इस लड़के से ही कुछ सीख लो! पाँच रुपए किलो टमाटर लाया है। यकीन न हो तो शशि से पूछ लेना।"

मौसाजी के सामने मेरी स्थिति अपराधी की सी हो गई थी। कुछ नहीं सूझा तो पिछवाड़े के दरवाजे से मैं हवाखोरी को निकल गया। लौटा तो घर में शांति थी। मौसाजी डाइनिंग टेबल पर बैठे अखबार पढ़ रहे थे। मुझे आया देख मौसी ने दोनों का खाना परोस दिया। खाना खाते हुए मौसाजी ने पूछा, "सोएगा कहाँ?" दोपहर को जिस चारपाई पर सोया था, मैंने उस ओर इशारा कर दिया। मौसाजी बोले, "मेरे पास सोना।"

डर, शर्म और संकोच के साथ मैं उनके कमरे में दाखिल हुआ। तकिए से टेक लगाए वे कोई पुस्तक पढ़ रहे थे। बिस्तर पर रखी पुस्तक की ओर इशारा करते हुए बोले, "सोने से पहले कुछ पढ़ना चाहिए, नींद अच्छी आती है।"

मौसाजी की नसीहत मानकर मैं पुस्तक के पन्ने पलटने लगा। अचानक उसमें मुझे कुछ नोट दिखाई दिए, जिन्हें देखकर मैं अचकचा गया। नोट मौसाजी को थमाते हुए मैंने कहा, "इसमें तो पैसे रखे हैं।"

मौसाजी बोले, "रख ले, यह तेरे ही पैसे हैं। मुझे मालूम है टमाटर क्या भाव हैं।"

यह कहने के साथ ही मौसाजी ने लाइट का स्विच ऑफ कर दिया।

□

जजमेंट ऑन स्पॉट

हुआ यूँ के··· हमारे एक मित्र विवेकानंद के घर में चोरी हो गई। बड़ा बवेला मचा। पुलिस के खिलाफ कई दिन हल्ला बोल चलता रहा। कवि नगर के थानेदार सतपाल सिंह पत्रकारों में खासे लोकप्रिय थे, लेकिन उनका सिंहासन भी डोलने लगा। रही-सही कसर कवि नगर में हुई दो चोरियों ने पूरी कर दी। जिनके घर चोरी हुई, वे दोनों दिग्गज पत्रकार पड़ोसी भी थे। मिजाज दोनों का ऐसा कि कोई भी अपने को उन्नीस मानने को तैयार नहीं। एक का अखबार विश्व कि मानवता का पैरोकार था तो दूसरे का अखबार सत्ता में जनता की भागीदारी का पक्षधर।

उस समय सूबे में भाजपा की सरकार थी, जो सुशासन का नारा देते नहीं अघाती थी। कोढ़ में खाज यह हुई कि 'विश्व में मानवता के पैरोकार' अखबार के संवाददाता सत्ताधारी दल की महानगर इकाई में बड़े ओहदेदार भी थे। अब, जब उनके ही घर पर चोर हाथ साफ कर गए तो आगे कौन हवाल··· वाली सी स्थिति हो गई। इस चोरी ने मीडिया का वॉल्यूम कुछ और बढ़ा दिया। 'जुल्मो-सितम की टक्कर में···' संघर्ष जैसे नारों के साथ मीडियाकर्मी सड़कों पर उतर आए। एक स्थानीय विधायक प्रदेश मंत्रिमंडल में गृह मंत्रालय सँभाले बैठे थे। मतलब यह कि पुलिस की पूँछ में आग लगाने का सारा सामान मौजूद था।

उस समय पूरब से काबिल दरोगाओं की खेप पश्चिम की तरफ आ रही थी। सिहानी गेट थाने में भी ऐसे ही एक काबिल इंस्पेक्टर आए थे पांडेजी

(पूरा नाम याद नहीं आ रहा)। उस समय मैं भी खबरनवीस था, यदा-कदा थाने-कचहरी का चक्कर भी लगता रहता था। पांडेजी से मेरी खासी प्रगाढ़ता हो गई थी। बनारस से आए पांडेजी पान और मिठाई के हद दर्जे के चटोरे थे। थाने पहुँचते ही मुझे जीप में बिठा कर मुझे नेहरू नगर स्थित अपने ठिकाने पर ले जाते। जीप स्टार्ट करने के दौरान मुँह में पान की गिलौरी भरे ही पास खड़े सिपाही को कुछ निर्देश देते और इशारा करते हुए जीप आगे बढ़ा देते। ईश्वर ने सिपाही को न जाने कैसी श्रवण-शक्ति दी थी। हाऊ···हाऊ···करते हुए पांडेजी क्या कहते थे, अपने पल्ले तो कभी नहीं पड़ा। अलबत्ता सिपाही हमारे पीछे-पीछे लस्सी के कुल्हड़, पेड़े, कलाकंद, समोसे लिये उनके ठिकाने पर हाजिर हो जाता था। जीम-जामकर पांडेजी अपने भीमकाय शरीर को डबल बेड के हवाले कर देते और सिपाही मुझे मेरे दफ्तर दाखिल कर आता था।

हुआ यूँ के···उस दिन पेटपूजा के बाद पांडेजी बोले, "आइए, आपको आज जजमेंट ऑन स्पॉट का नजारा दिखाया जाए।"

मेरे मुँह से बेसाख्ता निकला, "यह क्या होता है ?"

बोले, "चलिए तो सही, आज चोर जज की भूमिका निभाने वाले हैं।"

"क्या मतलब ?" मुँह बाए मैं बोला।

जवाब देने के बजाय उन्होंने उलटा सवाल दाग दिया, "'सत्ता में जनता की भागीदारी' अखबार के संवादाता का घर पता है ?"

मेरे 'हाँ' कहने के साथ ही वे जीप लेकर मेरे साथ कवि नगर की ओर चल पड़े। जीप के पिछले हिस्से में तीन सिपाही और दो बालक सवार थे। गंतव्य पर पहुँचकर जीप रुक गई। बच्चे आगे-आगे और हम सब पीछे-पीछे। दोनों बच्चे सर्विस लेन में जाकर छत से नीचे आ रहे पाइप के जरिए एक मकान की छत पर चढ़ गए। हम लोग भी मेन रोड से होते हुए मकान की छत पर पहुँचे। वहाँ पहुँचकर बच्चों ने पूरा डेमो दिया कि कहाँ संवादाता और संगठन पदाधिकारी का कुरता टँगा था और उसकी जेब में से उन्होंने पैसे कैसे निकाले थे। इसके बाद दोनों बालक दो-तीन छत कूदते-फाँदते दूसरे संवाददाता के जीने से होते हुए उनकी लॉबी में जा पहुँचे। दोनों ने बताया

कि वहाँ रेफ्रिजरेटर पर रखी घड़ी उन्होंने उठाई थी। बालकों की गवाही पूरी होते ही दोनों पत्रकार एक-दूसरे पर आरोप-प्रत्यारोप करने लगे। पांडेजी ने दोनों को समझाया, "भाई, जब चोरों ने ही कबूल कर लिया कि कहाँ से क्या चुराया तो कम-से-कम आप चोरों से अधिक शराफत का तो परिचय दीजिए।"

हुआ यूँ के··· पांडेजी ने मालीवाडा में एक दुकान में चोरी करते दो बच्चा चोर धर लिये, जिन्होंने इस चोरी का खुलासा करने के साथ ही सामान भी उन्हें सौंप दिया। पांडेजी ने बरामद पैसे और घड़ी पहले थाने पहुँचे संवादाता को इस हिदायत के साथ सौंप दी कि दूसरे की अमानत उस तक पहुँचा दीजिएगा। पहले संवाददाता महाराज पूरे ही माल को हजम कर बैठे। दूसरे संवाददाता को जब माल बरामदगी की खबर मिली तो वे भी पांडेजी के पास पहुँचे। पांडेजी ने उन्हें अवगत करा दिया कि पहले आए उनके पड़ोसी बरामद सामान ले गए हैं। बरामद माल वापस देने के नाम पर पहले संवाददाता ने उन्हें यह कहकर टरका दिया कि सामान तो वही बरामद हुआ है, जो उनका चोरी हुआ है। उनके सामान के बारे में उन्हें कोई जानकारी नहीं। पुलिस के सामने वास्तव में दुविधा थी। कोई और जरिया न देख पांडेजी को जजमेंट का यह रास्ता तलाशना पड़ा।

□

राधेसामजी का तमगा

हुआ यूँ के…एम.ए. अंतिम वर्ष की परीक्षा देने से पहले ही मैं एक्सिडेंटल जर्नलिस्ट हो गया। कॉलेज से लौटते हुए एक दिन 'प्रलयंकर' अखबार के मालिक संपादक श्री तेलूराम कांबोजजी ने हाथ पकड़कर मुझे भाई श्री विनय संकोची के हवाले कर दिया। जर्नलिज्म में सलीके से एडजस्ट हो पाता, उससे पहले ही 'प्रलयंकर' से मेरा डेरा-तंबू उखड़ गया। मेरा नया ठिकाना बना लखनऊ, जहाँ मुझे देश की नामी-गिरामी दवा कंपनी में मेडिकल रिप्रेजेंटेटिव का ओहदा मिल गया। लखनऊ लखनऊ ठहरा। नवाबों का शहर। मेरा ननिहाल और पिताश्री की ससुराल। भला हमसे बड़ा नवाब कौन था?

एक उलट बात यह हुई कि भाई संकोचीजी लखनऊ से गाजियाबाद पहुँचे थे और मैं गाजियाबाद से लखनऊ। संकोचीजी अखबार में 'कह संकोची सकुचाए' कॉलम लिखा करते थे। अखबार में छपने से पहले प्रूफरीडिंग में ही मैं संकोचीजी के सकुचाने का रसानंद ले लिया करता था। इस कॉलम के मुख्य पात्र फुल्लूजी थे और हैं। संकोचीजी जिस खूबसूरती से कॉलम लिखते हैं, मैं उनका आज भी कायल हूँ। उत्सुकतावश मैं उनसे लिखे कॉलम की सच्चाई पूछता रहता था और संकोचीजी लखनऊ के अमीनाबाद के एक नुक्कड़ के टी-स्टॉल पर घटे घटनाक्रम को पूरी रोचकता से सुनाते थे। उनके किस्सों में ऐसी रोचकता होती थी कि फुरसत में मैं अकसर अमीनाबाद के उसी टी-स्टॉल पर जा पहुँचता था फुल्लूजी से मिलने की आस लिये।

फुल्लूजी तो नहीं मिले, अलबत्ता अदब की दुनिया में मेरी खासी घुसपैठ

हो गई। उन दिनों लखनऊ में प्रगतिशील लेखक संघ (पी.डब्ल्यू.ए.) और इंडियन पिपुल्स थिएटर एसोसिएशन (इप्टा) बेहद सक्रिय थे। गाजियाबाद के तीन-चार बिगड़े नवाब लखनऊ में पहले से ही विराजमान थे, जिनमें दिनेश खन्ना और अनिल शर्मा भारतेंदु नाट्य अकादमी में अभिनय के छात्र थे। अकादमी महानगर के मेरे ठिकाने से अधिक दूर नहीं थी। गाहे-बगाहे अकादमी जाना हो जाता था। यदाकदा राज बिसारियाजी और अनुपम खेर के दर्शन भी हो जाते थे।

अवध में उन दिनों अदब का एक से एक बड़ा नवाब मौजूद था, जिनमें भगवती चरण वर्मा, यशपाल, अमृतलाल नागर, मुद्राराक्षस, बीर राजा, कामतानाथ, लीलाधर जगूड़ी, के.पी. सक्सेना, शकील सिद्दीकी जैसे कई नाम शामिल थे। हाँ, शिवानीजी भी, जिनके दर पर मत्था टेकने मैं यदाकदा चला जाता था। पत्रकार-जगत् भी वहाँ काफी समृद्ध था। शैलेषजी 'रविवार', मंगलेश डबरालजी 'अमृत प्रभात', जयप्रकाश शाहीजी 'जनसत्ता' और प्रदीप कपूर 'बिलिट्स' में होते थे। हजरतगंज के कॉफी हाउस की शामें इन्हीं लोगों से गुलजार होती थीं। यहीं मेरी मुलाकात 'रामलीला' (नाटक) की टीम से हुई, जिनमें से राकेश और मेराज से मेरे पारिवारिक ताल्लुक हैं।

इन नवाबों की संगत में एक्सीडेंटल जर्नलिस्ट का मेडिकल रिप्रेजेंटेटिव का ताज डगमगाने लगा और तमाम कोशिशों के बाद भी फुल्लूजी मिलके न दिए। हुआ यूँ के···एक दिन भाई हेमंत कुमार का खत मिला। उन्होंने लिखा था कि 'हिंट' छोड़कर उन्होंने दैनिक 'सांस्कृतिक क्रांति' अखबार जॉइन कर लिया है। गाहे-बगाहे 'अमृत प्रभात' और 'स्वतंत्र भारत' अखबार में मेरा लिखा छपने लगा था। हेमंत भाई ने उनके अखबार के लिए भी लिखने का आग्रह किया था। अखबार को जाने, देखे बिना लिखना फिजूल था, लिहाजा गाजियाबाद जाने के दौरान विवेकानंद नगर स्थित 'क्रांतिकारी' अखबार के कार्यालय जा पहुँचा। वहाँ हेमंतजी के साथ वरिष्ठ पत्रकार जितेंद्र भारद्वाजजी भी विराजमान थे। भारद्वाजजी की अगुवाई में ही क्रांति होनी थी। दफ्तर के एक कोने में सबसे बड़ी मेज के पीछे बैठे शख्स से मेरा परिचय करवाया

गया। अपना परिचय उन्होंने खुद ही दिया, "राधेसाम गुप्ता छपरावाले···"

हुआ यूँ के···बातचीत के दौरान कंपोजिटर एक प्रूफ लेकर भारद्वाजजी की ओर बढ़ाए। लेकिन 'इ का···' कहते हुए राधेसामजी ने उसे बीच में लपक लिया। जवाब भारद्वाजजी ने दिया, "मेरे विजिटिंग कार्ड का प्रूफ है।"

"इ का लिखे हो नाम के बाद?" राधेसामजी ने पूछा।

"बीई।" भारद्वाजजी ने कहा।

"बीई का होत है?" राधेसामजी ने कौतूहल से पूछा।

"इंजीनियरिंग की डिग्री है।" भारद्वाजजी ने सहजता से जवाब दिया।

"और ई ब्रेकिट मा···?" राधेसामजी ने फिर पूछा।

"ये···मेकैनिकल···माने मेकैनिकल इंजीनियर।" जितेंद्र भाई ने उत्साह से बताया।

"ई का···जनरल···?" राधेसामजी ने अटकते हुए एक प्रश्न और उछाला।

"यह है डिप्लोमा इन जर्नलिज्म।" भारद्वाजजी ने गद्गद भाव से कहा।

"और ई का ब्रेकिट मा···गोल्ड?" राधेसामजी की प्रश्नावली लंबी होती जा रही थी।

"यह···गोल्ड मेडलिस्ट···गोल्ड मेडल मिला था हमें यूनिवर्सिटी का, जर्नलिज्म में···" जितेंद्र भाई के इस रहस्योद्घाटन से मैं खुद अचंभित था। उनकी इस मेधा, प्रतिभा से मेरा साक्षात्कार पहली बार हुआ था।

राधेसामजी भारद्वाजजी से मुखातिब होते हुए बोले, "हमारा भी विजिटिंग कार्ड बनाओ···लिखेओ···राधेसाम गुप्ता।"

"जी···राधेश्याम गुप्ता···" लिखते हुए भारद्वाजजी ने दोहराया।

"नहीं···राधेसाम गुप्ता···बीई।"

भारद्वाजजी ने कलम रोककर अटकते हुए पूछा, "बीई···कहाँ से किए···?"

"छपरा से···अब का तुमका डिगरी दिखाएबे···आगे लिखेओ···डिप्लोमा इन जनरलीजम···ई तमगे वाली बात भी लिखेओ ब्रेकिट मा···"

इमला लिखवाकर राधेसामजी उसी टेबल पर जीमने लगे। चाय पीते हुए मेरा कॉलम लिखना मुकर्रर हो गया—'बात बेबात की···'। तो हुआ यूँ के··· फुल्लूजी तो नहीं मिले, अलबत्ता अपने कॉलम के लिए मुझे नायक अझेलजी जरूर मिल गया।

□

पुल की अंत्येष्टि

हुआ यूँ के…मैं टी.वी. पर खबरें देख रहा था। देश भर में बाढ़ से तबाही का मंजर था। एक कैमरामैन दिल्ली के मिंटो ब्रिज से लाइव खबर दिखा रहा था। देखते-ही-देखते डी.टी.सी. की बस पानी में डूब गई। छोटे वाहनों की तो औकात ही क्या ? एक ऑटो और एक कार भी मिंटो ब्रिज के नीचे भरे पानी में लापता हो गई। ऑटोवाले का तो पता नहीं। अलबत्ता बस का ड्राइवर और कंडक्टर बस की छत पर और कार वाला कार की छत पर चढ़ कर जान बचाने की जद्दोजहद में लगे थे। करीब दो घंटे बाद पहुँचे फायर ब्रिगेड के राहत दल ने काफी मशक्कत के बाद तीनों को बचाया। ऑटोवाला इतना खुशकिस्मत नहीं था। अखबारों की हेडलाइन 'राजधानी की खूनी बरसात' बनना उसके ही मुकद्दर में लिखा था।

हुआ यूँ के…कुछ देर बाद ही बिहार से बाढ़ का लाइव आने लगा। देखते-ही-देखते गंडक नदी का पुल पानी में बह गया। स्टूडियो में एंकर की छटपटाहट और मौके पर मौजूद रिपोर्टर की उछल-कूद ने हमें पुल नंबर 27 की याद दिला दी।

हुआ यूँ के…कश्मीर में तैनात मेरे एक मित्र अवकाश पर घर आए हुए थे। उनके आग्रह पर मैं उनके घर चाय पर चला गया। वे जूनियर इंजीनियर से तरक्की पा असिस्टेंट इंजीनियर हो गए थे। बातचीत के दौरान ही उनका मोबाइल फोन घनघना उठा। "तुम्हारी हिम्मत कैसे हुई पुल नंबर 27 की मेंटेनेंस की फाइल सेंक्शन करने की…" गुस्से भरे लहजे में उन्होंने कहा।

फोन पर कुछ और तल्ख बातें भी उन्होंने कहीं। मैं समझ गया, कोई नामाकूल मातहत होगा। फोन बंद होने के बाद मैंने उन्हें शांत करने की कोशिश की, लेकिन उनका बड़बड़ाना देर तक जारी रहा। "अजीब अहमक किस्म का आदमी है···समझता ही नहीं है बातों को···खुद भी फँसेगा औरों को भी फँसाएगा।"

मैंने पूछा, "क्या हुआ ?"

मित्र बोले, "हुआ यूँ के···प्रमोशन के बाद चार्ज लेने आए जूनियर इंजीनियर को ताकीद किया था कि काला-सफेद कुछ भी करना, पुल नंबर 27 की ओर भूल कर भी आँख उठाकर मत देखना, और उसकी मेंटेनेंस की फाइल तो हरगिज न बनाना। समय के साथ विभाग में स्याह-सफेद भी अपनी रफ्तार से चलता रहा, लेकिन एक दिन मेरा माथा ठनका। मूवमेंट रजिस्टर में किसी फाइल की तलाश में मेरी नजर अचानक पुल नंबर 27 की फाइल के मूवमेंट पर जा पड़ी। मैं यह देखकर हैरान रह गया कि फाइल भुगतान के लिए मेरे कार्यालय को ही प्रेषित की गई है। जूनियर इंजीनियर को बुलाकर फाइल को तत्काल सात तालों में बंद करने का आदेश दे दिया गया था। महाशय ने मेरे छुट्टी जाते ही फाइल फिर बाहर निकाल ली और जो इंजीनियर मेरी जगह काम देख रहे हैं, उनसे पास कराने की फिराक में हैं।"

हमने पूछा, "आखिर माजरा क्या है ?"

"अरे जनाब···महाशय एक साल से पुल नंबर 27 के मेंटेनेंस की फाइल खोले बैठे हैं। रख-रखाव का हिसाब पूछा तो कहते हैं कि करीब छह लाख रुपए खर्च हो चुके हैं। ठेकेदार को भुगतना की पैरवी कर रहे हैं।

"तो इसमें दिक्कत क्या है ?" सिर खुजलाते हुए हमने पूछा।

मित्र बोले, "यह भ्रष्ट-तंत्र है। यहाँ का खेल तुम्हारी समझ में नहीं आएगा। भुगतान के लिए फाइल के साथ कई चक्कर काट चुके जूनियर इंजीनियर साहब से मैंने जब पूछा कि मेंटेनेंस पर इतनी भारी-भरकम रकम खर्च करने के दौरान पुल का मौका-ए-मुआयना भी कर लिया है ? महाराज इस बात का जवाब ताल ठोक कर देते हैं। कमबख्त को यह भी बता दिया

था कि यह झूठ तुम्हें ले डूबेगा। तो बेशर्मों की तरह बोला, "अजी, चुल्लू भर पानी मेरा कुछ न बिगाड़ पाएगा। छोटी-मोटी बरसात मेरा कुछ न बिगाड़ पाएगी।" मतलब यह कि वह कोई बात सुनने को राजी नहीं है। बस उसे तो भुगतान की जल्दी पड़ी है। अब एक नई बात कह रहा है—आधा कमीशन आपका··· ।"

"भाईजी, सौदा बुरा नहीं है, बैठे-बिठाए तीन लाख रुपए मिल रहे हैं, लपक लो।" हमने मित्र को मुफ्त की सलाह दे डाली।

"भाईजी, आप भी हमारे जूनियर इंजीनियर वाली भाषा बोलने लगे। हमने जब फाइल पास करने से इनकार कर दिया तो कहने लगा कि दस सालों से रख-रखाव का सबसे अधिक खर्च इसी पुल पर होता आ रहा है तो फिर इस बार पेमेंट करने में अड़चन क्या है? अब आपको क्या बताएँ, भाईजी कि पुल नंबर 27 चीफ साहब के कार्यकाल में ही बनवाया गया था और बीते साल उनके रिटायरमेंट से पहले ही पुल बारिश के पानी में बह गया, जिसकी इन्क्वायरी की फाइनल रिपोर्ट भी मैंने ही लगाई थी।" मित्र ने यह भेद भी खोला कि पुल नंबर 27 कागजों में ही बना और कागजों में ही उसकी अंत्येष्टि कर दी गई।

सोचने वाली बात तो यह है कि गंडक नदी पर बना हुआ पुल बह गया। वरना देश भर में हर साल पता नहीं कितने पुल कागजों में ही बनते और बहते रहते हैं।

□

रावण दहन

हुआ यूँ के···मैं अपने एक परिचित के स्कूटर पर पीछे लदा हुआ उनके साथ थापर प्लाजा बिल्डिंग जा रहा था। उनके बिजली के बिल का कोई मसला था। उन दिनों पावर कॉरपोरेशन के एक्जीक्यूटिव इंजीनियर दो बजे तक ही ऑफिस में बैठते थे। उस दौर में दोपहर के अखबार की बहुत सी बंदिशें हुआ करती थीं। हैंड फीड चेंडर मशीन पर छपता था। छपकर जब तक हॉकर्स न ले जाएँ, तब तक आप दफ्तर से हिल नहीं सकते थे। इसके बाद अगले दिन की तैयारी के लिए कंपोजिटर्स सिर पर सवार। यानी सुबह 9 बजे से शाम 6 बजे तक आप घड़ी की सूई से बँधे हैं। उन दिनों मैं शोभाराम भाटीजी का अखबार 'वर्तमान सत्ता' सँभाल रहा था।

तो हुआ यूँ के···स्कूटर पर सवार हम दोनों भागमभाग में थे। मालीवाड़ा चौराहे पर लोगों की भीड़ लगी थी। पता चला, एक्सीडेंट हो गया है। "किसका एक्सीडेंट हो गया है ?" के जवाब में पता चला कि दूधमुँही एक बच्ची अपनी माँ की गोद से फिसलकर सड़क पर जा गिरी, जिसे गणेशजी टाइप टैंपो ने रौंद दिया। भीड़ को ठेलता हुआ मैं टैंपों तक पहुँचा। सड़क पर मांस के लोथड़े देखकर मेरी रूह काँप गई। धोती में मुँह छिपाए एक महिला डिवाइडर से टेक लगाए सड़क पर बैठी विलाप कर रही थी। मैं समझ गया, यह बच्ची की माँ है। खबर नोट करने की न स्थिति थी और न ही मौका। गमजदा माँ इस स्थिति में नहीं थी कि डिटेल बताती। मजमा देखकर लग रहा था कि देर तक चलेगा। सोचा, तफसील लौटकर नोट कर ली जाएगी।

करीब एक घंटे बाद मालीवाड़ा चौक पहुँचने तक सब सामान्य हो चुका था। कौन महिला थी? कहाँ की थी? कहाँ से आई थी? कहाँ गई? जैसे एक भी सवाल का जवाब नहीं मिला। सिहानी गेट थाने में भी कोई मामला दर्ज नहीं था। अजीब बात थी। एक बच्ची मर गई और किसी को कुछ पता नहीं? मौका-ए-वारदात पर मौजूद रहने के बावजूद मेरे हाथ खाली थे। मेरी आँखों के सामने सड़क और टैंपो के पहिए से लिपटे मांस के लोथड़े घूम रहे थे। मेरी आत्मा मुझे कचोट रही थी। हर तरफ हाथ-पैर मार लेने के बावजूद खबर का एक भी सिरा मेरे हाथ नहीं लगा।

हुआ यूँ के···एक सुबह कोतवाली से निकलकर घंटाघर होते हुए नवयुग मार्केट दफ्तर की ओर पैदल ही जा रहा था कि एक चर्चित नेताजी से मुठभेड़ हो गई, जो चाय पिलाने की जिद पर अटक गए। हम अनाज मंडी में इलाहाबाद बैंक के सामने की एक दुकान में जा बैठे। जल्दी निपटाने की गरज से मैंने चाय प्लेट में लेकर सुड़कनी शुरू कर दी। मेरी जल्दबाजी देख वे पूछ बैठे, "कहाँ से आ रहे हैं?" एक ही साँस में मैं उन्हें सारा वाकया सुना दिया।

वे तपाक से बोले, "परसों वाला···वह तो मेरे पड़ोस का मामला है···!" साथ ही उन्होंने आधी-अधूरी जो तफतीश उनके पास थी, कह सुनाई। आगे की पड़ताल मैंने स्वयं की। पड़ताल रोंगटे खड़ी करने वाली थी।

खबर में मैं जैसे-जैसे आगे बढ़ रहा था, लग रहा था कोई पिशाच मेरा लहू पी रहा है। मेरे हाथ-पैर लरज जाते थे। मेरे सामने एक हत्यारी माँ खड़ी थी। नहीं···एक हत्यारा परिवार। बड़ी कशमकश थी। कहीं कोई घटना-दुर्घटना दर्ज नहीं थी। अहम सवाल यह था कि बच्ची को न्याय कैसे मिले? तीन दिन गुजर चुके थे। मैंने श्री भाटीजी से बात की। उन्होंने कहा, "यह आप ही का अखबार है···आप स्वतंत्र हैं। जो चाहे, कीजिए।"

जिला महिला अस्पताल से शुरू हुई पड़ताल महिला की ससुराल तक जा पहुँची। टेलीफोन डायरेक्टरी में उनके ससुर का नाम और पता दर्ज था। ससुर साहब दिल्ली में ऊँचे पद पर आसीन थे। दोनों बेटे भी अच्छे ओहदेदार थे। महिला का मायका भी शाहदरा में था। घटना से दो दिन पहले ही पति

और सास महिला को जिला महिला अस्पताल में भरती करवाकर गए थे। नवजात बच्ची और प्रसूता माँ दो दिन तक अस्पताल में भूखी-प्यासी पड़ी रहीं। अस्पताल में भरती अन्य मरीज और उनके तिमारदारों से जो बन पड़ा, वह किया। लेकिन माँ-बेटी के लिए वह नाकाफी था। बड़ा सवाल यह था कि संपन्न और प्रतिष्ठित परिवार की बहू होने के बावजूद उसकी सुध लेने कोई क्यों नहीं आया था?

आया था। उसका पति आया था और चोरी-छिपे पत्नी को यह हिदायत देकर खिसक गया कि अपनी मनहूस सूरत लेकर घर नहीं आना। घर के दरवाजे तुम्हारे लिए हमेशा के लिए बंद हो चुके हैं। जिस बाप ने बेटी का चेहरा देखना गवारा नहीं समझा, वह पत्नी के हाथ पर टका-दो टका क्यों रखता? सरकारी अस्पताल में चोरी का भय दिखाकर सास पहले ही जेवर उतरवा चुकी थी। दुनिया की सबसे बेबस माँओं में शुमार इस महिला के पास पूँजी के तौर पर कुछ था तो हालिया जनी बच्ची। प्रसव के तीन दिन बाद भी जब कोई नहीं आया तो अस्पताल स्टाफ ने उसकी छुट्टी कर दी। अस्पताल के कागजों और बच्ची के साथ महिला ने एक छोटा सा पुर्जा और सँभाल रखा था, जिस पर उसका पता लिखा था, लेकिन यह पुर्जा बेकार था।

तो हुआ यूँ के···आदर्श बघारने वाले ससुरजी बड़े पुत्र के दो पुत्री होने से खासे आहत थे, लिहाजा छोटी बहू और बेटे को सख्त हिदायत थी कि यदि बेटी हुई तो बहू और उसकी संतान के लिए उनके घर में कोई जगह नहीं है। जिस समाज में सीता को अग्नि-परीक्षा से गुजरना पड़ा हो, उस समाज में इस अबला नारी की क्या बिसात? एक अशक्त, विवश, लाचार माँ की गोद से नन्ही सी जान फिसलकर कब टैंपो के पहिए के नीचे आ जान गँवा बैठी, माँ को पता ही नहीं चला। कल्पना कीजिए, तीन दिन की भूखी-प्यासी, लस्त-पस्त स्त्री, जिसे यह नहीं पता कि उसे जाना कहाँ है, किन मानसिक झंझावातों के बीच से गुजर रही होगी? क्या विकल्प था उसके पास? जो विकल्प था, वह एक हादसे की शक्ल में सामने आया। एक कोल्ड ब्लडेड मर्डर।

श्री भाटीजी की सहमति मिलने के बाद खबर का सिलसिला शुरू हुआ।

मानवीय दृष्टिकोण से सभी की पहचान गुप्त रखी गई, लेकिन चोर की दाढ़ी में तिनका। फोन पर ससुर साहब से खूब गुफ्तगू हो चुकी थी। लिहाजा समझ गए कि उनका प्रपंच उजागर हो गया है। अड़ोसी-पड़ोसियों के शक के दायरे में वे पहले से ही थे। रही-सही कसर उन्होंने फोन पर मुझे गरिया कर पूरी कर दी।

हुआ यूँ के···मेरे और उनके बीच एक अघोषित युद्ध शुरू हो गया। नए तथ्यों के साथ मैं रोज खबर छापता और वे फोन पर मुझे गाली देते। मेरे संयमित रहने के बावजूद नौबत वाकयुद्ध की आ जाती। एक दिन मेरे मुँह से निकल गया, "तुझे जेल भिजवाकर रहूँगा।" मेरे यह कहते ही वह तपाक से बोले, "मैं क्यों जाऊँगा जेल···जेल जाएगी दीपा (परिवर्तित नाम)।" मैं उनके मुँह से स्वीकारोक्ति सुनना चाहता था। मैंने कहा, "जब तक आप जेल नहीं जाएँगे, बच्ची को न्याय नहीं मिलेगा।"

"बड़ा आया धर्मराज युधिष्ठिर···माफीनामा लिखवाऊँगा तुझसे तेरे ही अखबार में।"

"अरे जा, कितने आए, कितने चले गए···खेद लिखवाने वाले। पुलिस का हाथ तेरे गिरेबान पर पहुँचने ही वाला है।" कहते हुए मैंने फोन रख दिया। शाम 7 बजे दफ्तर बंद होने ही वाला था कि फोन घनघनाने लगा। "बचा लीजिए, अंकल···बचा लीजिए, अंकल···मैं आपके हाथ जोड़ती हूँ···बचा लीजिए, अंकल···मैं दीपा बोल रही हूँ।"

उसकी कातर आवाज सुनकर मैं घबरा गया। मुझे लगा दीपा को कैरोसिन छिड़ककर आग के हवाले कर दिया गया है। "हाँ बहना, बचा लूँगा तुझे, पर यह तो बता, हुआ क्या?"

"ये लोग मुझे मार डालेंगे···आप ही बचा सकते हैं मुझे···खबर का खंडन छापकर।"

"क्या··· ?" आश्चर्य के साथ मैंने पूछा।

"अंकल, बेटी के कत्ल का इल्जाम तो मुझ पर ही आएगा···इनका क्या बिगड़ेगा···और यह सच भी है। मेरी ही मति मारी गई थी, जो··· ?" यह

कहकर वह खामोश हो गई। उसकी स्वीकारोक्ति ने मेरे पूरे वजूद को हिला डाला। खुद को सँभालते हुए मैंने कहा, "लेकिन हमने तो खबर में किसी का हवाला नहीं दिया, नाम नहीं दिया, फिर खंडन कैसे छपेगा?"

"भाई, आपको जो अब इस दुनिया में नहीं है, उसके साथ हुआ अन्याय दिख रहा है···एक जिंदा लाश के साथ भी तो न्याय कीजिए···ये लोग मुझे बहू का दर्जा देने को तैयार हैं, बशर्ते आप अपने अखबार में खंडन छाप दें।"

"मुझे नहीं लगता कि ये लोग तुम्हें बहू का दर्जा देंगे।"

"बहू का दर्जा न सही, नौकरानी का ही सही···भाई, प्लीज!"

पस्त सी आवाज में मैंने कहा, "ठीक है।"

अगली सुबह भाटीजी के सामने मैने दीपा का बखान ज्यों-का-त्यों रख दिया। कुछ देर विचार करने के बाद भाटीजी ने पूछा, "आप समाचार संपादक हैं, आप ही बताइए, क्या किया जाए?"

"खंडन तो किसी भी कीमत पर नहीं···" मैं उनके केबिन से निकलता हुआ बोला।

अपनी चिर-परिचित मुसकान बिखेरते हुए उन्होंने कहा, "बैठिए! बच्ची कैसे मरी? इस हकीकत तक तो आप पहुँच गए, माँ कैसे मरी, इस सच्चाई तक भी शायद आप पहुँच जाएँ, लेकिन वास्तव में क्या हम उन्हें न्याय दिला पाएँगे? शायद नहीं। आप बस इतनी कोशिश कीजिए कि दीपा नौकरानी से बहू का दर्जा पा जाए। जाइए, छाप दीजिए खंडन।"

भाटीजी ने कितनी आसानी से कह दिया, "जाइए, छाप दीजिए खंडन।" दिल पर पत्थर रखकर खंडन छापा। दो दिन बाद भाटीजी ने अपने केबिन में चाय पीने बुलाया। बोले, "शादी हो गई?"

"नहीं, क्यों?

"वैसे ही, खंडन छापकर आपने कुछ बुरा नहीं किया। खबर लिखकर आपने अपना धर्म निभाया और खंडन छापकर सामाजिक दायित्व। दु:खी मत होइए, जाइए, काम कीजिए! रावण को दशहरे पर जला लीजिएगा।"

□

अकल बड़ी या भैंस

हुआ यूँ के··· एक मित्र गाहेबाना तौर पर पूछ बैठे, "अकल बड़ी या भैंस?"

यह जुमला आपने भी अकसर सुना होगा। दुनिया के तमाम सयाने आज तक इस सवाल का जवाब तलाश रहे हैं। आए दिन कई ऐसे मसले हमारे सामने आते हैं, जो अटकल लगाने पर मजबूर कर देते हैं कि वास्तव में बड़ा कौन है—अकल या भैंस? मैं खुद असमंजस में हूँ। कभी लगता है अकल बड़ी है, कभी लगता है भैंस बड़ी है।

पता नहीं, किस समझदार ने अकल का ताल्लुक जानवरों से जोड़ दिया है! अकल के घोड़े दौड़ाता हूँ तो लगता है कि भैंस ही बड़ी है, लेकिन बहुमत अकल के साथ है। इस मसले पर लोग वामपंथी, दक्षिणपंथी से बँटे दिखाई देते हैं। लॉकडाउन में जब अकल पर पत्थर पड़ रहे थे तो पूरा घर फरमाइशों का इशतिहार बना हुआ था। दूध, मक्खन, घी, पनीर, छेना, मट्ठा, दही, यानी हर आइटम मौजूद। बिना भैंस के यह संभव कहाँ है? भैंस का इतना योगदान देखकर कहा जा सकता है कि भैंस ही बड़ी है, लेकिन अकल··· ? दूध में तैर-तैरकर इतने आइटम तलाशना अकल के बिना आसान है क्या?

अब आप ही बताइए 'अकल बड़ी कि भैंस?' नहीं बता पाए न?

अकल और भैंस की एक जंग का तो मैं भी चशमदीद हूँ। हुआ यूँ के··· कुछ दरोगा मित्रों का ट्रांसफर गाजियाबाद से देहरादून हो गया। मित्र-प्रेम उमड़ा तो देहरादून जा पहुँचा। उस दौर में पुलिसिया मित्रों का पता थाना या चौकी ही हुआ करते थे। बस इतना पता था कि इनमें से एक खुड़बुड़ा चौकी इनचार्ज

हैं। ट्रेन से उतरकर धावा सीधे खुड़बुड़ा चौकी पर बोला। अलस्सुबह चौकी पर मौजूद सिपाही हाजतरफ्त थे। उनमें से एक तौलिया लपेटे हमें इनचार्ज साहब के कमरे पर छोड़ गया।

कमरे में एक ही चारपाई थी, जिस पर एक अन्य दरोगा त्यागीजी पड़ी लगा रहे थे। देखकर बड़े खुश हुए। बरसों के बाद मिला मेरा बिछड़ा यार···की तर्ज पर अँगड़ाई लेते-लेते उन्होंने भरत-मिलाप का अध्याय निपटाया। उनके चारपाई से उठते ही पाएताने की ओर से काला भुजंग एक और जवान अँगड़ाई लेता उठ खड़ा हुआ, जिसे देखते ही हमारी रूह फना हो गई। हट्टा-कट्टा शरीर, चौड़ा मुँह, नुकीले दाँत, कंचे की तरह चमकती आँखें और गुर्र-गुर्र करती आवाज से हमारी घिग्घी बँध गई। ऐसा जबर कुत्ता हमने जिंदगी में पहली बार देखा था। हमारी हालत देखकर त्यागीजी ने शेरू-शेरू कह उसे पुचकारने की कोशिश की, लेकिन शेरू ने अपना पूरा श्वान-धर्म निभाया। नख से शिख तक की हमारी गंध अपने नथूनों में जमकर भरी। शेरू के बाहर जाने तक हम त्यागीजी के इर्द-गिर्द परिक्रमा करते रहे। शेरू के जाते ही राहत की साँस लेते हुए पूछा, "महाराज, यह शेर कहाँ से पाल लिया?"

"पाला नहीं है, पड़ोस में चाय की दुकान पर पड़ा रहता है, दोस्ती हो गई है···जब मन करता है, चला आता है।"

"है बड़ा जबर, कौन सी ब्रीड है?"

"भूटिया है।"

बात करते-करते हम चंद कदम दूर चाय की गुमटी तक पहुँचे। तमाम बेंचों पर तलबगार विराजमान थे। एक बेंच आधी खाली थी और आधी पर शेरू ने कब्जा जमा रखा था। त्यागीजी ने उसे हटाने की काफी कोशिश की, लेकिन वह टस से मस नहीं हुआ। मेरी हालत देख चायवाला सांत्वना देने लगा, "कुछ नहीं करेगा साब···, आप बेवजह डर रहे हैं, बहुत सीधा है···" कहते हुए चायवाले ने बेंच के सामने एक-दो बिस्कुट डाले; लेकिन शेरू ने आँख उठाकर भी नहीं देखा। तिरछी निगाहों से शेरू की निगरानी करते हुए हमने चाय जैसे-तैसे हलक में उड़ेली।

नहा–धोकर हम तैयार हुए ही थे कि थाना इनचार्ज साहब आर.सी. शर्माजी भी आ गए। प्रोग्राम पूछने पर अपने चिर–परिचित अंदाज में शर्माजी ने कहा, "क्यों मामा (पुलिस कप्तान) से मिलने नहीं जाएगा?" मेरी खिंचाई करने के लहजे में उन्होंने कहा, "यार त्यागी, तेरी पोस्टिंग तो यही करा देगा…क्यों भई, मामा इतनी सिफारिश तो मान लेगा?"

मैं कहता तो क्या कहता? इतना ही कह सका, "हाँ–हाँ, क्यों नहीं। मामाजी की तरफ होकर ही चलते हैं, त्यागीजी की पोस्टिंग तो करवाई ही जाएगी।"

"भाई, आज भर और रुक जाओ, जरूरत पड़ी तो कल कह देना।" कमरे की संकल बंद करते हुए हमारे साथ बाहर निकलते हुए त्यागीजी ने फरमाया।

दिन भर पुलिसिया और मीडिया मित्रों से मिलने के बाद शाम को दोस्तों का जमावड़ा होटल में लगा। चाय–पकौड़ी के बाद अंगूर की बेटी का नंबर आया तो त्यागीजी ने यह कहते हुए हाथ खड़े कर दिए कि रात को उन्हें एक मिशन पर जाना है। देर रात महफिल इस शर्त पर बरखास्त हुई कि अगली सुबह त्यागीजी हमें धनौल्टी घुमाने ले जाएँगे।

हम सुबह की चाय पी ही रहे थे कि एक बड़ा सा लिफाफा हाथ में थामे त्यागीजी कमरे में प्रकट हुए। आते ही बोले, "धनौल्टी का प्रोग्राम कैंसल। आपकी दावत आज कैंटोनमेंट थाने में होगी। फिलहाल जलेबियाँ खाइए।"

माजरा पूछने पर त्यागीजी ने जो किस्सा सुनाया, वह वही सवाल फिर खड़ा करता है कि 'अकल बड़ी कि भैंस?'

बकौल त्यागी, हुआ यूँ के…ट्रांसफर के बाद वे इस उम्मीद में कप्तान साहब को सलाम ठोकने पहुँचे कि पहले से पहचान की बदौलत देहरादून में थानेदारी तो मिल ही जाएगी। लेकिन कप्तान साहब भाव देने को ही तैयार नहीं थे। सलाम ठोकने जाने पर हर बार यही कहते, "बहुत काबिल दरोगा हो? काबिलीयत साबित करके दिखाओ!" एक माह में तीन–चार बार सलाम ठोकने के बाद भी नतीजा ठन–ठन गोपाल ही रहा तो एक दिन हिम्मत करके कह ही दिया, "आदेश करें, सर!"

कप्तान साहब ने चैलेंज के से अंदाज में कहा, "काबिलीयत दिखानी है तो कैंट थाने जाकर कर्नल साहब की भैंस चोरी की एफ.आई.आर. पढ़ लो।"

अपनी बात जारी रखते हुए त्यागीजी ने कहा, "मरता क्या न करता? खुड़बुड़ा चौकी इनचार्ज की मोटरसाइकिल लेकर कैंट थाने पहुँचा। हेड मुहर्रिर से दो माह पुरानी कर्नल साहब की भैंस चोरी की रिपोर्ट निकलवाई। हेड मुहर्रिर ने यह भी बताया कि कर्नल साहब का राष्ट्रपति भवन से सीधा कनेक्शन है। भैंस की बरामदगी के लिए कप्तान साहब के पास कर्नल साहब के हफ्ते में तीन फोन आते हैं तो दिल्ली से दस। ट्रंक कॉल की घंटी सुनते ही कप्तान साहब खुद घनघनाने लगते हैं। फोन पर मेमने की तरह मिमियाते हैं।"

हैड मुहर्रिर यह नेक सलाह देने से भी नहीं चूका, "साहबजी, इस थाने की पोस्टिंग लेने के बारे में तो सपने में भी मत सोचना। सिर मुँडवाते ही ओले पड़ना तो यहाँ का रिवाज है। कर्नल साहब की भैंस चोरी के बाद से इलाके में चोरी की कई और संगीन वारदात हो चुकी हैं। किसी के घर से टमाटर चोरी हुए तो किसी के घर से अमरूद, लीची या नीबू। दो महीने में तीन थानेदार लाइन हाजिर हो चुके हैं। आँधी हो, तूफान या बरसात, हरि मिर्च चोरी की रिपोर्ट लिखने थानेदार को जिल्द ले कर फौजियों के बँगले पर खुद ही जाना पड़ता है। डैमफूल, इडियट···और न जाने कैसी-कैसी अंग्रेजी गाली खानी पड़ती हैं।"

बकौल त्यागीजी, हेड मुहर्रिर की बात गाँठ बाँधकर कमरे पर लौटने के बाद से ही शेरू की आवभगत के साथ उसे पुचकारना भी शुरू कर दिया। दूध, ब्रेड, बिस्कुट खिलाने का नतीजा यह रहा कि पुकारने पर शेरू थोड़ी हील-हुज्जत के बाद पूँछ हिलाता त्यागीजी के पास आ जाता था। दिन में एक-दो बार त्यागीजी चाय वाले की भैंस की बछिया की पुरानी चेन शेरू के गले में बाँधकर उसे सड़क पर टहला लेते थे। एक दिन रात को करीब 12 बजे एक परिचित थानेदार से माँगी जीप में शेरू को लेकर त्यागीजी ने कर्नल साहब के घर की कॉल बेल जा बजाई। करीब पंद्रह मिनट बाद आँख मलते हुए कर्नल साहब अंग्रेजी में गरियाते हुए दरवाजे पर प्रकट हुए। उनके हाव-भाव से ही प्रतीत हो रहा था कि नींद के साथ सुरूर में पड़ा खलल उनके लिए नाकाबिल-ए-बरदाश्त था।

कर्नल साहब द्वारा आधी रात को आने का सबब पूछने पर त्यागीजी ने बताया कि उनकी भैंस चोरी होने से दिल्ली भी काफी दु:खी है। राष्ट्रपति भवन से भी कई बार चिंता जताई जा चुकी है। भैंस तलाशने की जिम्मेदारी स्पेशली उसे सौंपी गई है। लिहाजा वे चिंता न करें, उनकी भैंस वह तलाश करके ही रहेगा। कर्नल साहब की धाराप्रवाह गालियों में सेंध लगाते हुए त्यागीजी ने पूछा, "हुजूर की इजाजत हो तो भैंस बाँधने की जगह का मुआयना डॉग स्क्वाड से भी करा लिया जाए।"

पहले तो कर्नल साहब तैयार नहीं हुए। कहा, "दफा होइए यहाँ से, सुबह अपने कप्तान को साथ लेकर आना।" कर्नल साहब को राजी करने के लिए त्यागीजी को काफी मान-मनौअल करनी पड़ी। यह भी कहना पड़ा, "हुजूर, सीधा दिल्ली से आ रहा हूँ। दिल्ली हेड ऑफिस से लेकर राष्ट्रपति भवन तक अभी रिपोर्ट करना है, नहीं तो मेरी नौकरी चली जाएगी।" यह कहने के साथ ही त्यागीजी ने नाइट सूट पहने सरदारजी के पैरों की तरफ हाथ बढ़ाया तो वे घोड़े की तरह बिदक गए। जैसे-तैसे तबेला दिखाने को राजी हुए। तबेले में घुसते ही त्यागीजी ने गजब की फुरती दिखाई। जहाँ भैंस बाँधी जाती थी, वहाँ की जमीन पर शेरू की मुंडी पकड़कर थूथनी चार-पाँच बार जमीन पर रगड़ दी। इस बीच कर्नल साहब की पत्नी, बेटी और बेटा भी तबेले में आ जुटे। त्यागीजी ने नोटबुक निकालकर भैंस की तफसील नोट करनी शुरू की। कर्नल साहब के बच्चे और पत्नी ने त्यागीजी को हिकारत से देखते हुए एक-एक बात बताई। त्यागीजी ने भैंस की आदत व स्वभाव की बाबत कुरेद-कुरेदकर सवाल पूछे। मसलन, भैंस खाती क्या थी? पीती क्या थी? खाने में उसे क्या पसंद था? क्या नापसंद था? चारे की नाद भी शेरू को जबरन सुँघाई गई। दो-चार जगह शेरू ने अपनी मरजी से सूँघा-साँघी कर ली। रात के करीब 1:30 बजे कर्नल साहब को सेल्यूट मार कर त्यागीजी अपने कमरे में पहुँचकर निद्रा में लीन हो गए।

किस्सा जारी रखते हुए त्यागीजी ने बताया कि चार दिन बाद चायवाले से दो घंटे के लिए भैंस उधार ली गई, साथ ही मोहल्ले में लफंडर किस्म के दो लौंडे तलाशे गए। दो घंटे के लिए एक टैंपोवाले की भी सेवाएँ ली गईं। रात

को करीब 2 बजे इस फौज ने कर्नल साहब के बँगले पर अटैक कर दिया। टूटे सुरूर से भन्नाए कर्नल साहब करीब पंद्रह मिनट बाद अंग्रेजी में गाली देते हुए प्रकट हुए। बारी-बारी से उनकी पत्नी, बेटी और बेटा भी मजमे में शामिल हो गए। सलाम ठोक कर त्यागीजी ने कहा, "हुजूर, आपकी भैंस बरामद करके ला रहे हैं, टैंपो में से भैंस उतरवा लें।"

भीतर से टॉर्च लेकर आए कर्नल साहब ने भैंस का नख-शिख तक मुआयना कर भैंस उनकी न होने की घोषणा करने के साथ ही गरियाना शुरू कर दिया। "नामाकूल···, जाहिल···गँवार किस्म के आदमी···, फौजी से बात करने का शऊर तक नहीं है। जिस बूचड़खाने से उठाकर लाए हो, वहीं फेंको ले जाकर इसे दफा हो जाओ मेरी आँखों के सामने से···नहीं तो खड़े-खड़े यहीं शूट कर दूँगा।"

सलाम ठोक बुद्धू लौटकर घर को आए। तीसरी रात फिर वही मशक्कत की गई। टैंपो में उधार ली गई भैंस और दो लड़के लादकर रात के दो बजे कर्नल साहब के घर की कॉल बेल जा दबाई। दस-पंद्रह मिनट बाद भन्नाए हुए कर्नल साहब ने आकर दरवाजा खोला। त्यागीजी को देखते ही उनका पारा सातवें आसमान पर पहुँच गया। वे कुछ बोलते, इससे पहले ही त्यागीजी सेल्यूट मार कर, उनके पैरों में गिरकर बोले, "हुजूर, वर्दी की कसम, इस बार आपकी ही भैंस बरामद करके लाया हूँ। यकीन न हो तो इन भैंस-चोरों से ही पूछ लीजिए। चोरी कुबूल करने के साथ चोरी करने का तरीका भी बता रहे हैं। हुजूर, बिजनौर के खादर में जाकर पकड़ा है।" पैर पकड़े बैठे दरोगा पर तरस खाते हुए कर्नल साहब ने भीतर से टॉर्च मँगवाई। भैंस के थन, सींग, खुर, पूँछ, कद-काठी की तसल्ली से जाँचकर बोले, "यू इडियट! हमको बेवकूफ समझता, हम अपनी भैंस नहीं पहचानता, दफा हो जा यहाँ से!"

यह सुनना था कि त्यागीजी ने डंडे से दोनों लड़कों का पिछवाड़ा गरम करना शुरू कर दिया। डंडे खाते लड़के कर्नल साहब की भैंस चुराने की कसमें खाने के साथ आगे से चोरी न करने की दुहाई देते जा रहे थे। जमीन पर पड़े लड़कों की डंडे से खबर लेते हुए त्यागीजी पूछ रहे थे, "कहाँ से ले गए थे?"

लड़के कहते, "यहीं से, हुजूर।"

कर्नल साहब कहते, "झूठ बोल रहे हैं, यह मेरी भैंस ही नहीं है।"

"जब चोर बता रहे हैं कि भैंस आपकी है तो आपकी कैसे नहीं है?" कर्नल साहब की पत्नी के सामने हाथ जोड़ते हुए त्यागीजी ने कहा।

"बड़े आए भैंस ढूँढ़कर लाने वाले! कर्नल साहब अँधेरे में दुश्मन को पहचान लें, यह तो भैंस ठहरी, इसे नहीं पहचानेंगे?" मेमसाब का जवाब सुनते ही त्यागीजी ने डंडा लड़कों पर फटकारते हुए, गाली देते हुए कहा, "मादर... चलकर जगह दिखाओ, जहाँ से ले गए थे।"

यह सुनते ही दोनों लड़के फुरती से उठे और कपड़े झाड़ते हुए कर्नल साहब के बँगले की तरफ चल दिए। लड़कों के पीछे दरोगाजी, दरोगाजी के पीछे मेमसाब और मेमसाब के पीछे कर्नल साहब। मिनट भर में ही भैंस के तबेले में जा खड़े हुए। लड़कों ने बिल्कुल सटीक जगह बताई। यह भी बताया, "हुजूर, इस तरफ भैंस के लिए कूलर भी चल रहा था।"

त्यागीजी की दी गई टिप कारगर साबित होने के बावजूद मसला वहीं-का-वहीं था। कर्नल साहब मानने को तैयार नहीं थे कि भैंस उनकी है। बात बनती न देख त्यागीजी ने यह पेशकश भी रख दी, "मेमसाब, जब तक आपकी भैंस नहीं मिलती तब तक आप इसे ही रख लें।"

जुबानदारी में मेमसाब कर्नल साहब से एक रैंक ऊपर थीं। तुनककर बोलीं, "उठाईगीर समझ रखा है क्या? चोरी का माल घर में रखेंगे क्या? शर्म नहीं आती अपनी बला हमारे सिर बाँधते?"

यही वह वाक्य था, जो त्यागीजी सुनना चाहते थे। वाक्य खत्म होने से पहले ही उनके पैर पकड़ते हुए बोले, "मेमसाब, आप ही बताइए कि किसके गले बाँधूँ...छह भैंस पहले ही पुलिस लाइन में बाँध रखी हैं। पूरा दिन उनकी सानी-पानी में गुजर जाता है। रात भर आपकी भैंस की तलाश में मारा-मारा घूमता हूँ। पाँच सौ रुपए रोज भैंसों के चारे-पानी में जेब से जा रहे हैं, अब यह सातवीं किसके गले बाँधू... ? एक दर्जन भैंस-चोर जेल भेज दिए। अदालत का चक्कर और मेरी जान को आ पड़ा...मेमसाब, आप ही बताइए कि मैं क्या करूँ?"

कर्नल साहब की बेगम कुछ कहतीं, उससे पहले ही उनके बच्चे अपने माँ-बाप से अंग्रेजी में गिटपिट करने लगे। बातचीत के बीच कर्नल साहब और उनकी पत्नी बँगले के भीतर चले गए। फर्राटेदार अंग्रेजी बोल रही लड़की ने दोनों कथित चोरों और दरोगाजी को भी एक तरह से बँगले के बाहर खदेड़ दिया। त्यागी को उम्मीद नहीं थी कि बाजी अचानक यों पलट जाएगी। लड़की को गेट बंद कर भीतर जाते देख त्यागी ने आखिरी दाँव चलते हुए कहा, "बेटाजी, अच्छा किया गेट बंद कर लिया, आपकी इस भैंस को आपके गेट पर ही बाँधकर जाऊँगा।" इसके साथ ही त्यागीजी ने हाँक लगाते हुए कहा, "अरे ओ टैंपो मास्टर! जरा भैंस उतारकर लाना, यहीं गेट पर बाँधते हैं।"

त्यागीजी की धमकी काम कर गई। लड़की वापस लौटी। पूछा, "चाहते क्या हो?"

"बता बे…" एक लड़के के पिछवाड़े लात जमाते हुए त्यागीजी ने कहा। लड़का टेप रिकॉर्ड की तरह शुरू हो गया। लड़के की बात बीच में काटते हुए लड़की ने अंग्रेजी में कहा, "कल लंच के बाद आइएगा, तब देखेंगे। और हाँ, यह चिल्लर अपने साथ ले जाना।"

"तो भाईजी, भैंस-पुराण खत्म, कैंटोनमेंट का चार्ज शुरू, इस खुशी में जलेबियाँ खाइए!" कहते हुए त्यागी ने मेरे मुँह में जबरन जलेबी ठूँसते हुए कहा।

"बिना भैंस मिले यह चमत्कार कैसे हो गया?" अब सवाल करने की बारी मेरी थी।

उत्साह से लबरेज त्यागीजी ने कहा, "हुआ यूँ के…सुबह 7 बजे ही कप्तान साहब ने तलब कर लिया। मैं आनन-फानन में हाजिर हुआ। कप्तान साहब बड़ी बेचैनी और बेसब्री के साथ गार्डन में टहल रहे थे। सलाम ठोकते ही बोले, "अरे भाई, कर्नल साहब को क्या कह आया कि दिन निकलते ही मेरी जान को आ गए!"

त्यागीजी ने कहना जारी रखते हुए कहा, "कप्तान साहब के तेवर और अंदाज बता रहे थे कि खड़े-खड़े ही लाइन हाजिर किया जाऊँगा, लेकिन हुआ

उलटा। कप्तान साहब पूछने लगे कि कर्नल साहब को कौन सी घुट्टी पिलाई कि अपनी रिपोर्ट वापस लेने की जिद करने लगे। कप्तान साहब ने वजह पूछी तो कर्नल साहब ने उनसे कहा कि उन्हें अपनी भैंस की तलाश अब नहीं करवानी। कप्तान साहब ने पूछा कि क्यों नहीं करवानी? तो बोले कि हमारी मरजी। नहीं करवानी। दिन निकलते ही कर्नल साहब के फोन और पेशकश से कप्तान साहब की पतलून सरकी जा रही थी, लेकिन बार-बार के इसरार से कप्तान साहब ने अंदाजा लगा लिया कि माजरा कुछ और ही है। काफी टटोलने के बाद भी कर्नल साहब ने वजह नहीं बताई तो कप्तान साहब ने कहा कि आपकी भैंस की तलाश हमारे लिए मेजर टास्क है। महकमे का सबसे काबिल स्टाफ आपकी भैंस ढूँढ़ रहा है। आपकी भैंस हम ढूँढ़कर देंगे, कर्नल साहब। कर्नल साहब अपनी बात पर ही अड़े थे कि उन्हें भैंस नहीं ढूँढ़वानी। कप्तान साहब भी मानने वाले नहीं थे। कर्नल साहब की नरमी देखते हुए कप्तान साहब की सरकती पतलून अपनी जगह पर आ गई थी। वे पैंट सँभालते हुए बोले कि अरे सर, हमें तो जवाब राष्ट्रपति भवन को देना है।"

कप्तान और कर्नल के बीच का वार्त्तालाप त्यागीजी ऐसे सुना रहे थे, जैसे सबकुछ उनके सामने ही घटा हो। "आप मेरी रिपोर्ट वापस कीजिए, राष्ट्रपति भवन मैं खुद देख लूँगा।" कहते हुए कर्नल साहब अब तैश में आने लगे थे। उन्हें तैश में आता देख कप्तान साहब की सिट्टी-पिट्टी एक बार फिर गुम होने लगी। वे मिमियाते हुए बोले, "लेकिन सर··· !" कर्नल साहब ने यह कहते हुए फोन रख दिया, "दरोगा ने बहुत मेहनत की, आठ-दस भैंस बरामद भी कीं, लेकिन हमारी किस्मत में हमारी भैंस मिलना नहीं है तो आपको क्यों परेशान करूँ?"

अपनी बात कहने के बाद कप्तान साहब ने माजरा पूछा तो त्यागीजी ने सारा वाकया कह सुनाया। माजरा जानकर कप्तान साहब बोले, "कैंटोनमेंट थाने का सही वारिस मिल गया।"

क्या कहेंगे आप, 'अकल बड़ी कि भैंस?'

□

गुरुजी का गंगा स्नान

हुआ यूँ के···कॉलेज के मेन गेट के निकट शोर-शराबा मचा हुआ था। अन्य छात्रों के साथ मैं भी उस ओर दौड़ लिया। जाकर देखा तो हमारे एक टीचर जे.पी. भटनागरजी स्कूल के क्लर्क प्रह्लाद की गरदन दबोचे उनकी दे दनादन करने में जुटे थे। कॉलेज स्टाफ के कुछ लोग प्रह्लाद बाबू को बचाने का प्रयास कर रहे थे तो कुछ मुझ जैसे तमाशबीन भी थे। पास में ही हमारा सहपाठी प्रभाकर हाथ में प्लास्टिक की केन (जिसमें शायद गंगाजल था) और स्टील का चमचमाता गिलास लिये खड़ा था। प्रह्लाद बाबू की दनादनी करते हुए भटनागर साहब लगातार यही कहे जा रहे थे, "तेरा धर्म मैं बहाल करता हूँ···ले पी गंगाजल···आज तेरा गंगा-स्नान करा कर ही दम लूँगा।"

भटनागर साहब हमारे कॉलेज में आर्ट टीचर थे। वे क्लास में कम, लेह-लद्दाख में अधिक देखे जाते थे। उनके पास एक वेस्पा स्कूटर था, जिस पर सवार हो वे लेह-लद्दाख की दुर्गम चोटियों तक पहुँच जाते थे। अखबारों में अकसर उनकी तसवीरें छपती रहती थीं, जिनमें वे अपने स्कूटर और भारतीय ध्वज के साथ शान से खड़े नजर आते थे। उनका बेटा ओनिल हमारे साथ ही पढ़ता था। हम सभी उनके जीवट से भी वाकिफ थे। लेकिन आज हम उनका दूसरा ही पराक्रम देख रहे थे। उनके द्वारा प्रह्लाद बाबू की लानत-मलामत क्यों हो रही थी, यह बात कुछ-कुछ समझ आ रही थी। प्रह्लाद बाबू प्रशासनिक प्रणाली के भ्रष्ट आचरण के बेहतरीन उदाहरण थे। छोटे-मोटे काम के बदले में हम छात्रों से वे दो-चार रुपए यह कहकर वसूल ही लेते थे, "कसम, से

आज तो मुँह भी जूठा नहीं हुआ, चाय-पानी के पैसे तो दे ही जाओ।"

माजरा यह था कि प्रह्लाद बाबू का धर्म भ्रष्ट हो गया था, जिसे भटनागर साहब गंगाजल के बजाय दे-दनादन के जरिए दुरुस्त करने में जुटे थे। तमाशबीनों में शामिल दो-तीन टीचर्स ने प्रह्लाद बाबू को किसी तरह भटनागर साहब के चंगुल से निकाला। प्रह्लाद बाबू की गिरफ्त छूटते ही भटनागर साहब यह कहते हुए प्रभाकर की ओर झपटे, "तू दफा नहीं हुआ, तेरा भी धर्म दुरुस्त करूँ क्या?" इतना सुनते ही प्रभाकर ने दुड़की लगा दी। हम सब भी उस दुड़की में शामिल हो गए। प्रभाकर ने ही पूरा किस्सा बयान किया। लेकिन उससे पहले प्रह्लाद बाबू की कैफियत जान लेना आपके लिए जरूरी है।

प्रह्लाद बाबू मुरादनगर से ट्रेन से आते-जाते थे। कॉलेज आने का उनका समय निर्धारित नहीं था। वे मरजी के मालिक थे। पुराना गाजियाबाद स्टेशन पर उतरने के बजाय वे नया गाजियाबाद स्टेशन पर उतरते थे और वहाँ से कॉलेज तक खरामाँ-खरामाँ आते थे। इस खरामाँ-खरामाँ की भी एक खास वजह थी। खरामाँ-खरामाँ में शहर भर से राम-राम हो जाती थी, जो राम-राम करने वाले को अकसर महँगी साबित होती थी। लिहाजा बीच बाजार लोग उन्हें राम-राम करने से कतराते थे। मुझे भी एक बार की राम-राम में गुलाटी रेस्टोरेंट का बटर टोस्ट व चाय का बिल चुकाना पड़ा था।

बहुत हो गई भूमिका। सीधे किस्से पर आता हूँ। तो··· हुआ यूँ के··· उस दिन प्रह्लाद बाबू नया गाजियाबाद स्टेशन पर उतरे और कॉलेज की ओर चल दिए खरामाँ-खरामाँ। आधा रास्ता पार कर जटवाड़ा तक पहुँच गए। दुर्भाग्य ऐसा कि किसी ने राम-राम भी नहीं की। लेकिन रामजी की उन पर भरपूर कृपा थी। लगभग चार किलोमीटर के रास्ते में ऐसा नामुमकिन ही था कि कोई उन्हें राम-राम न करे। राम-राम का जवाब वह मुसकराते हुए बड़े स्नेह से देते थे। राम-राम कहने वाले का हाथ वे स्नेह से थाम लेते थे और तब तक बतियाते हुए चलते थे, जब तब तक चाय-नाश्ते का कोई ठिकाना सामने न आ जाए।

तो उस दिन भी हुआ यूँ के··· जटवाड़ा के निकट मूलचंद नाम के एक

लड़के ने उन्हें राम-राम कर दी। 'राम-राम गुरुजी…' के जवाब में प्रह्लाद बाबू ने मूलचंद पर अगाध स्नेह-वर्षा की। स्नेह-वर्षा से अभिभूत मूलचंद की चाय की पेशकश भी स्वाभाविक थी, जिसे उन्होंने सहर्ष स्वीकार कर लिया। चाय की दुकान भी सामने ही थी। कढ़ाई में से निकल रहे समोसे भी ललचा रहे थे। "चाय क्या, समोसे भी खाएँगे…" कहने के साथ प्रह्लाद बाबू अपनी चिर-परिचित शैली में खो-खोकर हँसने लगे। मूलचंद स्वभाव से कितना उदार था या वह उनके प्रति कितनी श्रद्धा रखता था, यह तो नहीं पता, अलबत्ता उसने प्रह्लाद बाबू के सामने यह प्रस्ताव जरूर रख दिया "रोटी का टाइम हो रहा है, गुरुजी तो घर चलते हैं, चाय के साथ दो-दो पराँठे भी हो जाएँगे।" यह प्रस्ताव सुनते ही प्रह्लाद बाबू की बाँछे खिल गईं।

चाय के साथ गोभी का पराँठा और अचार आ गया। सहज स्वभाव का मूलचंद दूसरे पराँठे की पेशकश कर बैठा। गुरुजी की स्वीकृति मिलते ही वह मक्के की रोटी और गाजर की सब्जी ले आया। थाली में सब्जी खत्म हो गई तो मूलचंद सब्जी ले आया। गोभी की सब्जी देख गुरुजी का मन प्रसन्न हो गया। थाली में सब्जी बच गई तो रोटी खत्म हो गई। इस बार मूलचंद बथुए की पूड़ी ले आया। गुरुजी ने आधी ही पूड़ी खाई थी कि सब्जी खत्म हो गई। इस बार मूलचंद ने बैंगन-आलू की सब्जी परोस दी। गुरुजी तृप्त तो हो गए, लेकिन भाँति-भाँति के व्यंजन का भेद उनकी समझ में नहीं आया। माथा तो उनका ठनका, लेकिन संकोचवश पूछ नहीं पाए। बाहर निकले तो आँगन में तसला-झाड़ू देखकर माजरा कुछ-कुछ उनकी समझ में आने लगा। मूलचंद का हाथ थामे वह डासना गेट तक आए और इधर-उधर की बातों के दौरान मूलचंद से उसकी बिरादरी पूछ ली। बिरादरी बताने के साथ ही मूलचंद यह और कह बैठा, "गुरुजी, आप बड़े परोपकारी हैं, जो आपने एक शूद्र पर इतनी कृपा की।"

"कृपा की ऐसी की तैसी…पहले क्यों नहीं बताया!" कहते हुए प्रह्लाद बाबू निकट से गुजर रहे एक रिक्शे में सवार होकर कॉलेज पहुँचे। कॉलेज तक जाने वाली गली आर्य नगर में घुसते ही उन्होंने धर्म भ्रष्ट होने और

गंगाजल लाने की गुहार मचा दी। प्रह्लाद बाबू का यह आचरण हममें से कइयों को नागवार गुजरा, क्योंकि हम मूलचंद के चमचमाते हुए पीतल के टिफिन से बथुआ, मेथी, मूली, गोभी आदि के पराँठे अकसर उड़ाते रहते थे।

उस दिन के बाद से मूलचंद कॉलेज में नजर नहीं आया, लेकिन उसकी माँ के हाथ के बनाए पराँठों का स्वाद जुबान पर आज भी बरकरार है। मूलचंद के साथ न्याय हुआ या अन्याय, यह तो नहीं पता, अलबत्ता भटनागरजी द्वारा किया गया सामाजिक न्याय जिंदगी के पहले सबक के तौर पर आज भी याद है।

□

सिक्का बदल गया

हुआ यूँ के···मैं छोटा सा रहा होऊँगा, लगभग पाँच-सात बरस का। गरमी की एक दोपहर पिताश्री और मोटा ताऊजी (पिताश्री के कॉलेज के सहयोगी श्री एम.डी. शर्माजी) के साथ पहली बार किसी गाँव के रोमांचक सफर पर निकलने का अवसर मिला था। इससे पहले तक मैं अपने ताऊजी के पास मुजफ्फरनगर में रहता था। ट्रेन से गाजियाबाद आते-जाते पटरी के साथ दौड़ते कई गाँव नजर आते थे, जिनमें झाँकने की कोशिश से पहले ही वह उड़न छू हो जाते थे। कुछ देर बाद टेलीफोन के खंभों के साथ-साथ भागते खेत किसी तिलिस्म से अचानक गाँव में तब्दील हो जाते थे।

लिहाजा बचपन में गाँव मेरी उत्सुकता की पहली वजह भी थे। इसके अलावा एक वजह और भी थी, जो गाँव की ओर खींचती थी। लगभग हर दिन हमारे पैतृक गाँव बरवाला से छोटे ताऊजी दूध-मट्ठा लेकर घर आते थे। शाम को साइकिल की घंटी बजाते हुए लौटने का संकेत देते हुए पूछते जरूर थे, "घर कौन-कौन चल रहा है?" बाल-मन पर उनके कहे की बड़ी विचित्र प्रतिक्रिया होती थी। शहर के इतने बड़े घर के बजाय गाँव में छप्पर वाले कमरों का मकान घर कैसे है? यह मेरे लिए कौतूहल की बात थी। लिहाजा पिताश्री और मोटा ताऊजी के गाँव जाने की बात पता चलते ही मैंने भी गाँव जाने की जिद पकड़ ली थी। माँ ने खूब समझाया कि पिछली बार गाँव जाने पर जब पॉटी आ गई थी तो वहाँ घर जैसे लैट्रिन (शौचालय) न होने की वजह से कितनी फजीहत हुई थी।

माँ की बात किसे माननी थी? हम भी ठहरे जिद्दी अव्वल। भरी दुपहरी में हमारा कारवाँ बस से मुरादनगर की ओर बढ़ चला। किसी जगह बस रुकी और हम लोग उतर गए। सड़क किनारे एक बड़ा सा पेड़ था। शायद बरगद का रहा होगा, के नीचे एक उम्रदराज आदमी छोटा सा खटोला बिछाए मूँगफली, लैया, चने, मुरमुरे आदि बेचने बैठा था। प्यास के मारे हम तीनों का ही बुरा हाल था। बीच सफर से ही मैं 'पानी पीना है' की रट लगाए था। बस से उतरते ही पिताश्री ने बुजुर्गवार से पूछा, "बच्चे के लिए पानी मिल जाएगा क्या?"

"बच्चे की क्यूँ कै···थारै लिए बी मिल जागा···वो धरा मटका, काढ़ के पी लै···।" मेरे और पिताश्री के पहुँचने से पहले ही पानी पीकर तृप्त हो चुके ताऊजी ने मुझे ओक बनाकर पानी पीने का इशारा किया। पानी पीने से पहले मैंने मटके में झाँककर देखा तो मुझे ऐसा लगा कि पानी पर गंदगी तैर रही है। मुँह और नाक को कोहनी से दबाकर मैं बोला, "छि, गंदा है।"

बुजुर्गवार ने शायद मेरी प्रतिक्रिया ताड़ ली थी। मूँछें ऐंठते हुए बोले, "लल्ला, यो ई पी लै···थारे लिए याँ कौण सी कोक्का कोल्ला धरीं?"

मैंने पानी पिया या नहीं, यह तो याद नहीं, हाँ, कुछ और बातें जरूर याद हैं। बुजुर्गवार के पास ही किसी पेड़ का मोटा सा तना कटा पड़ा था। हम उसी पर बैठ गए। हाथ-मुँह धोकर रूमाल से पानी को सुखाते हुए पिताश्री बुजुर्गवार से बतियाने लगे। पिताजी ने पूछा, "सामान बिक जाता है यहाँ?"

"कौण सा?"

"आप जो लिये बैठे हैं?"

"मैं कौण सा बेचने की खातिर बैट्ठा।"

"फिर?"

"अरे टाइम पास करण को बैट्ठा, चार भले आदमी सवारी पकड़न आवैं, जहाँ तुम बैट्ठे यहाँ आ के धरे जां···चार बात मैं उणसे करूँ चार बात वे मुझसे करैं···उनका भी टैम पास···मेरा भी टैम पास···कोई भला माणुस लै भी ले है सौदा···दो-चार आन्ने का।"

"फिर तो बड़ी दिक्कत है।"

"का दिक्कत है, भाई?"

"बिक्री नहीं होती होगी?"

"मैं कौण सा इसे बेचने को बैट्ठा और इसे बेच के मैं कौण सो साउकार बण जाउँगो?"

"कितने का है ये सौदा?

"कौण सा?"

"सारा।"

"दो रुपए का सारा, इसमें कौण सी नौली लग रीं!"

"दे दो!"

"कतैक का दे दूँ?"

"दो रुपए का दे दो।"

"मतबल, सारा दे दूँ?"

"हाँ, सारा ही दे दो"

"मतबल, दो रुपल्ली में तू सारा खरिद्देगा?"

"अच्छा, तो ढ़ाई रुपए ले लीजिए।"

"भले आदमी च्हावै के है, सारा सौदा तुझे दे दूँ। अरे, दो-चार आणे का जितना चाहता हो, उतना ले ले, सारा लेके के करेगा, दुकान खोलणीं कै?

"नहीं, आप यहाँ इतनी गरमी में बैठे हैं, कोई खरीददार भी नहीं है। सौदा बेचिए, घर जाइए, आराम कीजिए।"

"मैं घर जाकर क्या करूँगा? और तू दुकाण खोलकर बैठियो इहाँ, तैने समझ णा आई। अरे, घर जाके के करूँ, बच्चण कूं पिट्टू के लुगाई ने छेतूँ? अरे, मैं तो सुबह की साँझ करण बैट्ठा हूँ हियाँ और तू आयो साहूकारी का पाठ पढ़ान।"

पिताश्री का तर्क अपनी जगह सही था। लू भरी दोपहरी में बुजुर्ग घर में आराम करने के बजाय ऐसी जगह सौदा-सुलफ लिये बैठा था, जिसके बिकने के कोई इम्कानात नहीं थे। बात न बनती देख पिताश्री की पेशकश पाँच

रुपए तक जा पहुँची, लेकिन बुजुर्गवार टस-से-मस नहीं हुए।

"मुझे नसीहत दे रा घर जाण की···खुद बालक नू परेशान करण खातिर संग लिये डोल रिया इस घाम में···" कहते हुए बुजुर्गवार ने कुछ चने-मुरमुरे मेरी हथेली पर रख दिए।

पिताश्री के अट्ठन्नी के बदले लिये गए चने-मुरमुरों से हम सबकी तमाम जेबें बेतरह भर गई थीं। पचास साल पहले का यह सिक्के का एक पहलू था। सिक्के का दूसरा पहलू यह है कि आज गाँव उठकर शहर आ गया है। सुबह-सुबह बाल कटवाकर लौट रहा था। एक टमाटरवाला सामने पड़ गया। इतने अदब से नमस्कार किया कि मुझे भाव पूछने पड़ गए।

"क्या हिसाब दिए, भाई?"

"बाऊजी, आपसे क्या मोल-भाव करना, बताइए, कितना तौल दूँ?"

"क्या भाव है?"

"आपको कभी गलत रेट लगाया है?"

"अरे भाई, फिर भी क्या रेट है?"

"बाऊजी, आप रेट की बात क्यों करते हैं? माल देखिए, बिल्कुल ताजा है, यों समझ लीजिए, खेत से सीधे आपके लिए ही ला रहा हूँ।"

"भाई, देना हो तो रेट बताओ!"

"कितने कर दूँ, दो किलो?"

"यार, दुनिया भर की बात किए जा रहे हो, रेट नहीं बता रहे।"

"बाऊजी, मोल-भाव मैं करता नहीं, फिक्स रेट है, लेकिन आपके लिए घाटे का सौदा भी मंजूर है।"

"फ्री में दे रहे हो क्या?"

"लो बाऊजी, आप भी रोज के ग्राहक होकर ऐसी बात कर रहे हैं, आपको गलत रेट थोड़े ही लगेगा।"

"इस मोहल्ले में पहले तो कभी तुम्हें देखा नहीं।"

"हें···हें···हें···बाऊजी! मुझे भी आप इस मोहल्ले में नए लगते हो, बाऊजी! आप भी कमाल करते हो, रेट पूछ रहे हो, यहाँ रेट कौन पूछता है?"

रेहड़ीवाला मेरे कान के निकट आकर फुसफुसाया, "साहब, टमाटर लो या मत लो, आपकी मरजी···मुझसे तो रेट पूछ भी लिये, किसी और से मत पूछ लेना। इस सोसाइटी में कोई सब्जियों के रेट नहीं पूछता, ऐसा करोगे तो शहर में देहाती ही समझे जाओगे।"

मैं देर तक सब्जी बेचने वाले देहाती की सूरत तकता रहा। उसकी सूरत कहीं से भी उस देहाती से नहीं मिल रही थी, जिसकी तसवीर बरसों से मेरे जेहन में बसी है।

□

छलनी में पानी

हुआ यूँ के…नौकरी के पहले चरण में एक मुश्किल सवाल से पाला पड़ गया। सवाल छलनी में पानी लाने से जुड़ा था।

बात पुरानी है, शायद 1985 की। मैं एक दवा कंपनी में मेडिकल रिप्रेजेंटेटिव की नौकरी करता था। बिजनौर, मुजफ्फरनगर, देहरादून, रुड़की आना-जाना लगा रहता था। इसी दौरान एक मशहूर आयुर्वेदिक फार्मास्युटिकल कंपनी के एरिया सेल्स मैनेजर पीटरजी से भेंट हुई। उनकी कंपनी आयुर्वेदिक दवाओं के साथ एथिकल में भी कुछ प्रॉडक्ट लेकर आई थी। पीटरजी ने मुझे देहरादून में नौकरी का ऑफर दिया। लेकिन उन्हें यह पता नहीं था कि मैं साइंस ग्रेजुएट नहीं हूँ।

प्राइमरी इंटरव्यू में इस बात का खुलासा होने के साथ एक अन्य बात यह हुई कि एक पोस्ट के लिए दो उम्मीदवारों के समान अंक आए। दूसरा उम्मीदवार बिष्ट भी एक अन्य कंपनी में पहले से ही मेडिकल रिप्रेजेंटेटिव था। मेरे सलेक्शन की शर्त यह थी कि मेरे चयन पर अंतिम मोहर मुंबई स्थित कंपनी के मुख्यालय से लगनी थी। मेरा साइंस ग्रेजुएट न होना भले ही मेरा ड्रा बैक था, लेकिन मेरा प्लस पॉइंट यह था कि एक दवा कंपनी में बतौर रिप्रेजेंटेटिव मैं अपनी सेवाएँ दे रहा था। आने-जाने का किराया कंपनी देने वाली थी। ठहराना रहना भी कंपनी के जिम्मे था। खोने को कुछ था नहीं। कुछ (नौकरी) न भी मिलता तो मुंबई घूमने के लिए सौदा बुरा नहीं था। उन दिनों युवाओं में मुंबई का वैसे भी खासा क्रेज हुआ करता था। यह उन दिनों

की बात है, जब मुंबई जाने में चौबीस घंटे से अधिक का समय लगता था।

ट्रेन का समुद्र के बीच से गुजरना रोमांचित कर देने वाला दृश्य था। दोपहर 2 बजे ट्रेन मुंबई विक्टोरिया टर्मिनस पहुँची। आबिद सूरतीजी स्टेशन पर प्रतीक्षा करते मिले। डबल डेकर बस से उनके बांद्रा निवास तक का सफर भी खासा रोमांचकारी था। दोमंजिला बस से मैं मुंबई को आँखें फाड़े ताक रहा था। समुद्र को करीब से देखने की ललक भी उसी शाम बैंड स्टैंड पर जाकर पूरी की। समुद्र को मैं जितना पी सकता था, भरपूर पिया। जब तक मैं मुंबई में रहा, आँखों से समुद्र पीने का सिलसिला चलता ही रहा। कभी विले पार्ले, कभी जुहू, कभी गेटवे ऑफ इंडिया, कभी मरीन लाइंस। और…सफारी व विक्टोरिया के सफर के तो क्या कहने!

बात शुरू हुई थी छलनी में पानी से, लेकिन मैं मुंबई घूमने लगा। बांद्रा से दादर तक के लोकल ट्रेन के सफर में मैं डिब्बे के दोनों ओर की खिड़कियों से बाहर दीवानेपन से झाँकता रहा। माहिम की खाड़ी निकल जाने तक मैं डिब्बे के गेट पर ही लटका रहा। खाड़ी में गिरते पानी की कुछ बौछारें मुझे सराबोर कर गई थीं।

कंपनी के दादर स्थित मुख्यालय में ही ट्रेनिंग होनी थी। देश भर से करीब पंद्रह कैंडिडेट ट्रेनिंग के लिए पहुँचे थे और सोलहवाँ मैं था। पंद्रह पोस्ट, सोलह कैंडिडेट। मेरा ध्यान इस ओर गया था, लेकिन मैंने इसलिए गौर नहीं किया, क्योंकि मैं बाकायदा नौकरी में था। मुझे तो हाजी अली की दरगाह देखनी थी। पृथ्वी थियेटर देखना था। अमिताभ बच्चन का बँगला देखना था। अजंता-एलोरा केव्स देखनी थीं, और शायद खंडाला भी।

11 बजे मुख्यालय में रिपोर्ट करना था। हम सभी लोग 10:30 बजे ही पहुँच गए थे। बिष्ट को मैं पहले से ही पहचानता था। एक लड़का जालंधर से था, जो बिल्कुल फिल्मी हीरो लगता था। उसका नाम भी शशि कपूर था। पहला सेशन ग्रुप डिस्कशन से शुरू हुआ।

मेडिकल लाइन से पहले मैं दुर्घटनावश एक सांध्य अखबार में जा अटका था, जहाँ भाई श्री विनय संकोचीजी मेरे उस्ताद थे। उनसे मैं कुछ सीख

पाया या ग्रहण कर पाया, यह तो वे ही बेहतर बता सकते हैं; लेकिन मैं उनका काबिल शागिर्द तो नहीं ही था। मुझे दीक्षित करने की उनकी साधना में चाय के खाली प्यालों की शाहदत का कर्ज मुझ पर हमेशा बकाया रहेगा, साथ ही उनका यह गुरुमंत्र भी—'जो सुनो, उसे लिखो, गुनो और बुनो।'

अब आता हूँ छलनी में पानी पर। तो हुआ यूँ के···ग्रुप डिस्कशन के दौरान कंपनी के सीईओ शेट्टी साहब आ गए। फिल्मों में देखे शेट्टी से हूबहू मिलते जुलते, पर कद-काठी में जरा कम। मुँह में सिगार दबाए दनादन सवाल-पर-सवाल, सवाल-पर-सवाल। मुझे लगा कि वे हम सबको माहिम की खाड़ी में दफन करने का इरादा लेकर ही आए हैं। हमेशा से बैक बेंचर मैं, शशि कपूर और जयनाथन के साथ सबसे पिछली बेंच पर बैठा हुआ था। शेट्टी साहब के सवाल आगे की कतार के लोग बखूबी झेल रहे थे कि इतनी ही देर में शेट्टी साहब ने एक भारी-भरकम सवाल दाग दिया, "टुममें से चलनी में पानी कौन ला सकटी है?" सवाल सुनते ही कक्ष में सन्नाटा छा गया।

दो-चार इंस्टीट्यूट में पत्रकारिता की क्लास लेने का सौभाग्य मैं भी हासिल कर चुका हूँ। वहाँ भी यह सवाल मैंने अकसर दोहराया है। सवाल सुनते ही सन्नाटा छा जाता है। अधिकांश स्टूडेंट्स का जवाब होता है, "छलनी में पानी आ ही नहीं सकता।" इस जवाब के बाद मुझे पूछना पड़ता है कि मेरा सवाल क्या था? मेरे सवाल से इतर मुझे बताया जाता है, "छलनी में पानी कैसे आएगा? छलनी में पानी कैसे लाया जा सकता है?" वगैरह-वगैरह। जबकि मेरा सवाल यह था ही नहीं। मैं स्टूडेंट्स से पूछता हूँ कि उनमें से कितनों ने मेरे सवाल को सुना था? मुझे यह देखकर आश्चर्य होता है कि मेरे दूसरे सवाल के जवाब में शत-प्रतिशत स्टूडेंट्स के हाथ खड़े होते हैं, यानी उन्होंने मेरे सवाल को सुना था।

जी···भटका नहीं हूँ, मुद्दे पर ही आता हूँ। तो हुआ यूँ के···शेट्टी साहब ने सवाल पूछा और कक्ष में सन्नाटा छा गया। जवाब के इंतजार में वे कक्ष में टहलते हुए सिगार के कश का लुत्फ ले रहे थे। इस दौरान उन्होंने हमारा

परिचय भी लेना शुरू कर दिया। मेरा नंबर भी आया। "आलोक गुप्ता सर… देहरादून से…।" पीटर साहब ने खास तौर से ताकीद किया था कि कंपनी में साहित्यिक नाम नहीं चलते। बिल्ली के भाग्य से छींका टूटा। शेट्टी साहब का बुलावा आ गया और वे चले गए। हम सबने राहत की साँस ली। भला छलनी में पानी कैसे आएगा?

बात आई-गई हो गई। लंच भी निकल गया, टी ब्रेक भी। इवनिंग सेशन खत्म होने से पहले शेट्टी साहब बोतल के जिन्न की तरह फिर प्रकट हो गए। आते ही बोले, "हम कहाँ ठे?" आई बला को टाल तू…अंदाज में कुछ ने कहा, "सर, आप एनीमिया के बारे में बता रहे थे।" किसी ने गार्बेज, तो किसी ने मल्टी विटामिन की बाबत कहा। लेकिन शेट्टी साहब के हाव-भाव से लग रहा था कि वे संतुष्ट नहीं हैं। मेरी नजर नोटबुक पर थी। उनका सवाल वहाँ दर्ज था—'छलनी में पानी कौन ला सकता है?' इस सवाल का जवाब तो मुझे नहीं मालूम था, अलबत्ता भाई संकोचीजी का गुरुमंत्र—'जो सुनो, उसे लिखो, गुनो और बुनो…' के तरकश पर मैंने इस सवाल को भी चढ़ा दिया। सवाल को गुनते-गुनते मैंने हाथ खड़ा कर दिया। शशि ने मेरा हाथ नीचे करने की कोशिश करते हुए कहा, "मरवाएगा क्या?"

"यस…!" शेट्टी साहब की भारी-भरकम आवाज गूँजी।

मैंने उनका सवाल दोहरा दिया। सवाल सुनने के बाद उन्होंने मेरा नाम फिर पूछा।

"आलोक गुप्ता…देहरादून से, सर।"

"यस, कौन ला सकटा?" शेट्टी साहब ने सवाल दोहराते हुए सिगार सुलगा लिया। जवाब की प्रतीक्षा में वे मेज से टिककर खड़े हो गए। सिगार के धुँए से भरता जा रहा वह कमरा किसी यातना-गृह सा प्रतीत हो रहा था। कमरे के सन्नाटे को घड़ी की टिक-टिक ही तोड़ रही थी। मैं संकोचीजी के गुरुमंत्र में इस सवाल का जवाब खोज रहा था। जवाब गुनो और बुनो के बीच ही कहीं था। गुनने और बुनने के दौरान मुझे सवाल का धुँधला सा जवाब नजर आने लगा था। अपने जवाब पर श्योर न होते हुए भी मैंने हाथ उठा दिया।

"यस, क्या नाम?"

"आलोक गुप्ता, सर···फ्रॉम देहरादून, सर लेकिन इसका जवाब मैं आपको कान में बताऊँगा।" यह कहते हुए मैंने उनकी ओर बढ़ने का उपक्रम किया।

"यू डफर···इडियट···क्या बोलटा···मेरे को कान में बटाएगा···टू जानटा···मैं कौन···सीईओ होता मैं इडर का।"

मैं वास्तव में नहीं जानता था कि वे कौन हैं और उनका नाम क्या है? मैं क्या, हम ट्रेनीज में से कोई भी उन्हें नहीं जानता था। उन्होंने अपना परिचय पहली बार दिया था। अलबत्ता वे जब भी कक्ष में आते थे, पूरा ट्रेनिंग स्टाफ उनके सम्मान में खड़ा हो जाता था और उनकी मौजूदगी के दौरान खड़ा ही रहता था। मेरी हिमाकत पर स्टाफ में से किसी ने डपटकर मुझे सीट पर जाकर बैठने की हिदायत दी। पता नहीं क्या सोचकर शेट्टीजी बोले, "यस, मिस्टर गुप्टा···कम ऑन!"

इस सवाल के जवाब में जो मुझे सूझा, वह मैंने उनके कान में कह दिया। मेरा कहा सुनते ही उनका पारा सातवें आसमान पर पहुँच गया। वे गुर्राकर बोले, "यू इडियट···बेवकूफ समझटा हम को!"

पता नहीं क्यों मेरी टाँगें काँपने लगीं। काँपती टाँगों से सीट तक पहुँचना भी दुश्वार लग रहा था। इसी दौरान शेट्टीजी बोले, "क्या नाम बटाया···गुप्टा फ्रॉम डेहराडून···इट्स इक्वली गुड···गुड···सेल्समैन एप्रोच।"

उनकी इस हौसला अफजाई से टाँगों का काँपना कुछ कम हुआ। जैसे-तैसे मैं अपनी सीट तक पहुँच पाया। पाँच दिन की ट्रेनिंग शुक्रवार को खत्म हो गई। तमाम ट्रेनी हिसाब और किट लेकर निकल गए। हिसाब-किताब कर रहे व्यक्ति से मैंने भी अपना हिसाब माँगा तो उसने पूछा, "आप कौन?" मैंने अपना नाम उसे बताया। उसने लिस्ट चेक की। मेरा नाम उसमें नहीं था। मैंने उसे याद दिलाया कि पीटर साहब का लैटर मैंने आते ही सौंपा था। मेरे याद दिलाने पर उसने फाइल में रखा वह लिफाफा खोला, जिसमें मुझे और बिष्ट—दोनों को भेजे जाने की तफसील दर्ज थी। लेटर पढ़कर वह शख्स भी

पशोपेश में पड़ गया। बोला, "अब तो कुछ नहीं हो सकता···ऑफिस भी बंद हो गया···सब गए···मंडे को खुलेगा।"

"लेकिन मैंने तो गेस्ट हाऊस भी छोड़ दिया!" अनिष्ट की आशंका में डूबते हुए मैंने कहा।

"फिर···" वह शख्स मुँह बाए मेरी ओर देख रहा था। उसके चेहरे के भाव बता रहे थे कि गलती का आभास उसे हो गया था। "एक मिनट बैठो!" कहकर फाइल लेकर वह कोने में बने एक कमरे में घुस गया। कमरे में से किसी को लताड़े जाने की आवाजें आ रही थीं। कमरे से बाहर निकले शख्स ने कहा, "जाइए, साहब बुला रहे हैं।"

कमरे में घुसते ही मेरी पहली मुठभेड़ सिगार के धुँए से हुई। सामने कुरसी पर शेट्टी साहब विराजमान थे। मुझे देखते ही बोले, "टुम···ओके··· छलनी में पानी वाला···लखनऊ जाएगा···"

तो हुआ यूँ के···शेट्टी साहब की मेहरबानी से तीन दिन मुंबई घूमा। 'श्रीवर्षा' के संपादक भाई सुदीपजी के साथ एक फिल्म की शूटिंग देखी। सहारा एयरपोर्ट के निकट के ओपन एयर थियेटर में 'द गॉड फादर' और राजमंदिर में 'बेसिक इंस्टिंक्ट' फिल्म देखी। लखनऊ पहुँचकर पीटर साहब को यह शुभ सूचना दी।

भाई विनय संकोचीजी की गुरुत्व छाया से मुक्त हुआ तो पीटरजी की छत्रच्छाया में पहुँच गया। सोने पर सुहागा यह कि लखनऊ के तमाम अदबी लोगों से न सिर्फ प्रगाढ़ता हो गई, बल्कि प्रगतिशील लेखक संघ के स्वर्ण जयंती समारोह की इंतजामिया कमेटी में सक्रिय भूमिका निभाने का अवसर भी मिला।

भाई संकोचीजी के 'सुनने, गुनने और बुनने' के इस भेद को नमन, जिसने छलनी में पानी लाने के हुनर तक पहुँचा दिया।

□

ताली-थाली का उपहार

हुआ यूँ के···उस दिन हम हिट विकेट होने वाले थे। वजह यह थी कि आज से पहले अपना पाला बहुत सी बातों से नहीं पड़ा था। मसलन, जनता-कर्फ्यू या लॉकडाउन, और यह भी उस दिन, जिस दिन अपने विवाह की 28वीं सालगिरह थी। बहुत ऐतिहासिक दिन था। 22 मार्च, 1992 को विवाह वाले दिन भी रविवार पड़ा था या आज रविवार पड़ रहा है। मन में कई मनसूबे थे कि इस दिन को ऐसे मनाएँगे, वैसे मनाएँगे। ये न ऐसे मना, न वैसे मना। प्रधानमंत्रीजी ने उस दिन जनता-कर्फ्यू का एलान कर दिया। एक तरह से देखा जाए तो इज्जत बच गई। सुबह से शाम हो गई, किसी ने भी मुबारकबाद नहीं दी।

देश के पहले जनता-कर्फ्यू के दौरान दस घंटे बाद दस मिनट का ब्रेक था ताली-थाली बजाने के लिए। अमिताभ बच्चन से लेकर मेरे मोहल्ले के गवदी पहलवान तक प्रधानमंत्री के आह्वान पर अमल करते नजर आ रहे थे। हमें लगा, चलो, ऐसे ही सही, हमारी स्वतंत्रता छिनने का जश्न पूरा देश मना रहा है। इन अभागों को यह नहीं पता कि कुछ दिनों के लिए स्वतंत्रता तो इनकी भी गई हाथ से। अपने सम्मान में बजी ताली-थाली से निजात पाकर अपन राम टी.वी. के सामने यथावत् जा बैठे, जहाँ योगी उवाच चल रहा था। वह लॉकडाउन जैसा कुछ फरमा रहे थे। सवा पाँच बजते-बजते सभी चैनल्स पर ऐंकर्स में 'ताली थाली' लाइव की गलाफाड़ होड़ लग गई।

हुआ यूँ के···एक चैनल के कैमरामैन को कैटरीना कैफ अपने घर

में बरतन माँजती नजर आ गई। बस···फिर क्या था। ऐंकर्स चासनी में पगी जलेबियाँ दर्शकों के सामने परोसने लगे। जनता-कर्फ्यू के इस ब्रेक में ऐंकर्स की चाँदी है। किसी माहिर बाजीगर की तरह वह अपने स्क्रीन पर छह से आठ फ्रेम फिक्स करती हैं या करते हैं। हर फ्रेम में कोई-न-कोई सेलिब्रिटी रखी जाती है। टॉप फ्रेम में लालकृष्ण आडवाणी घंटी बजाते नजर आ रहे हैं। दूसरे फ्रेम में नितिन गडकरी अपने संपूर्ण आकार, प्रकार, परिवार के साथ फिट हैं। छत पर बच्चन परिवार छितरा-छितरा सा खड़ा है। किसी तरह सभी को फ्रेम में एडजस्ट किया जाता है। घर की मुँड़ेर पर खड़े अक्षय कुमार को देर तक फ्रेम में फिक्स करने की कोशिशें जारी रहती हैं, लेकिन बात बनती नहीं।

ऐंकर की चपलता और वाचालता बता रही है कि कोरोना की बारात निकालने की तैयारी चल रही है। ऐंकर घोषणा करती है कि इस बारात में जल्द ही कुछ और बाराती भी शामिल होने वाले हैं। ऐंकर की बात पूरी होने से पहले ही अगले फ्रेम में राजनाथ सिंह सपत्नीक नजर आते हैं। एक फ्रेम में प्रसून जोशी भी अटकाए गए हैं। ताली-थाली के शोर में उनकी आवाज दब गई है। संभवतः वे कविता सुना रहे हैं। एक सोसाइटी में बच्ची शंखनाद कर रही है। ताली-थाली ब्रेक ने (19 मार्च, बृहस्पतिवार को) प्रधानमंत्री द्वारा खींची गई लक्ष्मण-रेखा (22 मार्च का जनता-कर्फ्यू) को ध्वस्त कर दिया। कर्फ्यू की समाप्ति से पहले ही अधिकांश राज्यों के मुख्यमंत्रियों ने आगामी आदेश तक टोटल लॉकडाउन का फरमान सुना डाला। लेकिन हम जन्मजात तमाशबीन भला खुद को घर में कैद कैसे कर लें? चाव से 'बिग बॉस' देखने वाले भी लॉकडाउन के दौरान खुद को लक्ष्मण-रेखा से दूर रखने में नाकाम दिखाई दे रहे हैं।

हुआ यूँ के···ताली-थाली के ब्रेक के 75 घंटे बाद प्रधानमंत्री को एक बार फिर इस सख्त घोषणा के साथ देश को संबोधित करने सामने आना पड़ता है कि आगामी 21 दिनों तक आप, यानी देश का हर नागरिक टोटल लॉकडाउन में रहेगा, जिसका हर हाल में सख्ती से पालन करना होगा। घर में पड़ा-पड़ा मैं भी किसी ऐंकर की भूमिका निभाने लगा हूँ, लिहाजा अपने

अड़ोस-पड़ोस की दुनिया का आँखों देखा हाल सुनाता रहता हूँ। 'दिल है कि मानता नहीं···' की तर्ज पर मेरे शहरवासियों को यह पाबंदी मंजूर नहीं है। अधिकांश लोग सड़कों पर इस शान से गुजर रहे हैं, जैसे राजपथ पर गणतंत्र दिवस परेड का शुभारंभ उन्हें ही करना है। लक्ष्मण-रेखा लाँघने में महिलाएँ और बच्चे भी पीछे नहीं हैं।

प्रधानमंत्री के आह्वान पर देश की लगभग तमाम सिलेब्रिटीज हर नागरिक से जहाँ घर में रहने की अपील कर रही हैं, वहीं मेरे ही मोहल्ले में बारह-चौदह महिलाओं की मंडली घर के बाहर ढोलक की थाप पर कीर्तन करने बैठ गई है। आर.डब्ल्यू.ए. अध्यक्ष का ध्यान इस ओर दिलाता हूँ कि 60 साल से अधिक आयु की यह मंडली सार्वजनिक तौर पर एक तरह से उत्पात कर रही है। एक ही सड़क के ओर-छोर पर रहने वाले अध्यक्षजी और मैं लोगों की नासमझी पर तबसरा करते हुए सामने से गुजर रही कारों की गिनती भी करते जा रहे हैं। शाम 6:30 बजे हम दोनों की मात्र आठ मिनट की बातचीत के दौरान 16 कार, 9 मोटरसाइकिल और 13 स्कूटी गुजरीं और 11 लोग पैदल भी। शाम करीब 7:15 बजे काँव-काँव करती एक पुलिस वैन भी ढोलकिया स्थल पर फिल्मी अंदाज में पहुँची है, यानी देर से।

आज (शुक्रवार की) सुबह का आगाज बारिश से हुआ है। सुबह 6:15 बजे इक्का-दुक्का आदमी ही सड़क पर था। दोपहर होते-होते सन्नाटे की तसवीर में रंग भरने वाले लोग घरों से निकलने लगे हैं। धीमी रफ्तार से चल रही एक सफेद कार में डेक पर ऊँची आवाज में म्यूजिक बज रहा है। कार में बैठे तीन-चार लड़के एंजॉय कर रहे हैं। उनमें से जिस एक को पहचानता हूँ, उसके पिता को व्हाट्सएप्प मैसेज भेजने के लिए फोन उठाता हूँ। उसके पापा ने पहले से ही एक वीडियो भेज रखा है, जो नाना पाटेकर का है। शायद नाना को फाँसी पर लटकाया जाने वाला है। जनता जनार्दन फाँसी-स्थल को घेरे खड़ी है। 130 सेकंड के वीडियो में नाना हमारे पिछवाड़े लात मारकर हमें घरों के भीतर धकेलने की कोशिश करते हुए कह रहे हैं, "कोई फर्क पड़ने वाला नहीं है, भीड़ में चलने की आदत पड़ी है तुमको। मीडिया वाले

चिल्लाकर बोल रहे हैं कि बाहर मत जाओ, लेकिन तुम्हें बाहर जाना है। मरो···सब मरो! इटली का प्रधानमंत्री हमें देखता होगा तो उसे शर्म आती होगी। सोचा होगा, इंडिया वाले हमसे कुछ सीखेंगे, लेकिन हम क्यों सीखें? क्या होगा? अरे, कोरोना ही तो है। छोटी सी बात है। हमको कैसे हो सकता है? राशन भर लेता हूँ, फिर नहीं मिलेगा। दारू नहीं मिली तो मेरा क्या होगा? सिगरेट खत्म हो गई है, बाहर जाना है। मोदी साहब कोरोना वायरस की चेन तोड़ना चाहते हैं। कौन समझा उनकी बातों को? सब साले अनपढ़, जिंदा लाशें। किसे जगाएँगे वो? मैं जाग गया। परिवार के साथ टाइम बिता रहा हूँ। लेकिन ध्यान में रखना, तुम्हारी यह लापरवाही तुम्हारे परिवार के लिए रोना बन जाएगी। देश के डॉक्टर, पुलिसवाले, सफाई कर्मचारी, आर्मीवाले अपना घर छोड़ कर रात-दिन तुम्हारे लिए काम कर रहे हैं। लेकिन तुम्हें क्या फर्क पड़ेगा? ये पिस्सू जैसा वायरस कोविड नाइनटीन आने वाले कल में हिंदुस्तान में शायद खुद को कहीं ढूँढ़ न पाएगा। कोरोना एक बात भूल रहा है, पूरा हिंदुस्तान अगर एक साथ खड़ा हो जाए तो एक महीने में तुझे भागना पड़ेगा। भारत बंद का समर्थन करके अपने घर पर बैठो। फिर देखो, ये कैसे भागता है? लेकिन तुम ये काम करोगे नहीं, ये कोरोना जानता है, क्योंकि ये मुर्दों का देश है। वतन के लिए किसी को हमदर्दी नहीं है। यहाँ पर वायरस फैलाना बहुत आसान है। मैं हिंदू, मैं मुसलमान, मैं सिख, मैं शाहीन बाग, मैं बंगाली, मैं कश्मीरी। एक मास्क तो कोई भी लगा सकता है, लेकिन हिंदुस्तान को मास्क लगाना बड़ा मुश्किल है। ऑनलाइन पढ़ा था मैंने, डब्ल्यू.एच.ओ. वेबसाइट पर, क्यों समझा रहा हूँ मैं तुमको? पागल हूँ मैं, भूसा भरा पड़ा है मेरे दिमाग में। क्यों बातें कर रहा हूँ इन लापरवाह लोगों से? हँसो-हँसो··· खुशियाँ मनाओ, कोरोना वायरस फैल रहा है। आगे भी मरेंगे, हमें क्या? लेकिन भैया, हम तो बाहर घूमेंगे। घूमो भाई, जिसको बाहर घूमना है, घूमो, मैं तो अपने परिवार के साथ अंदर ही रहूँगा।"

ऊँची आवाज में म्यूजिक बजाती सफेद कार तीन-चार चक्कर लगाकर लुप्त हो गई। अपनी खास शैली में नसीहत देकर नाना पाटेकर भी खामोश

हो गए। प्रणाम करता हूँ 130 सेकंड के इस वीडियो पर मेहनत करने वाले कलाकार को, जिसने नाना के मुँह में सामयिक डायलॉग डालने के साथ उनकी आवाज में उसकी अदायगी भी करवाई।

रविवार की सुबह से जनता-कर्फ्यू के लागू होने से लेकर लॉकडाउन की तमाम बंदिश को बीते सवा सौ घंटों से विवाह के सात वचनों की तरह निभाता आ रहा हूँ। दुःखी हूँ, विचलित हूँ, अपने ही अड़ोस-पड़ोस की विचलनकारी शक्तियों के व्यवहार से। नवरात्र का पर्व आने वाला है। पहले से ही मौजूद नौ शक्तियों से आह्वान करता हूँ कि "हे देवी, हम मूरख खलकामी···, मेरे अड़ोसियों-पड़ोसियों, देशवासियों में घुसपैठ कर रही विचलनकारी शक्तियों से गली, गाँव, मोहल्ले, देश, दुनिया को निजात दिलाए रखना।"

□

माया महाठगिनी, हम जानी…

हुआ यूँ के…'बिल्ली के भाग से छीका फूटा और चूहे मलाई ले उड़े।' कुछ अजीब सी बात नहीं है। इसके बजाय यह उक्ति कैसी रहेगी, 'कसाई का माल कटड़े खा गए।' नहीं जी! पहले वाली 'उक्ति' ही ठीक है। इस कथन में आप बिल्ली की जगह पुलिस भी रख सकते हैं। अब आप कहेंगे कि बिल्ली की जगह पुलिस मान लेने पर चूहों का क्या होगा? अजी, चूहों को देश का आम नागरिक मान लीजिए, जो अपनी मंजिल की जानिब ताउम्र खरामाँ-खरामाँ घिसटता रहता है। कुछ हैसियतदार हो जाए तो टूटी-फूटी साइकिल पर लदे-फदे जीवन बिता देता है। आपके सब्र का बाँध टूटे उससे पहले ही बता देता हूँ कि माजरा क्या है? मैंने क्यों कहा—'माया महाठगिनी हम जानी…।'

तो हुजूर, हुआ यूँ के…वाराणसी के नामी-गिरामी सर्राफ के दो कारिंदे करीब पौने दो करोड़ रुपए की नकदी लेकर एक शनिवार की रात स्कार्पियो गाड़ी से दिल्ली के लिए रवाना हुए। आधी रात को प्रतापगढ़ में इनोवा कार में सवार हथियारबंद बदमाश गाड़ी लूट ले गए। बीते कुछ महीनों से सूबे में सर्राफा कारोबारियों से लूट की वारदातें ताबड़तोड़ हो रही हैं। इस लूट से पूरा पुलिस महकमा इसलिए हिल गया, क्योंकि यह कोई छोटी-मोटी वारदात नहीं थी। करोड़ों की लूट की वारदात से कई पुलिसवालों को अपना सिंहासन डोलता-सा लगा। हाकिमों ने राहत की साँस तब ली, जब कारोबारी ने लूट की रकम चालीस लाख बताई।

तो हुआ यूँ के···कारोबारी को करीब से जानने वालों के गले यह बात नहीं उतरी कि सर्राफ द्वारा लूट की रकम 78 फीसदी कम क्यों बताई जा रही है ? नोटबंदी के बाद सरकार ने कारोबारियों पर कई तरह से शिकंजा कसा है। कारोबार की छलनी के वह सुराख बंद करने का दावा हर रोज किया जाता है, जिनसे होकर ब्लैकमनी कारोबारियों की तिजोरी तक पहुँचता है। सरकार ने कई बार ऐसा कहा ही नहीं है, बल्कि यह दावा कर वह अपनी पीठ भी कई बार खुद ही थपथपाई है। सवाल यह है कि सरकार भ्रष्ट प्रणाली की छलनी के यदि तमाम सुराख बंद कर चुकी है तो फिर इस कारोबारी ने लूट की रकम 40 लाख क्यों बताई ? बिना हिसाब-किताब के एक करोड़ चालीस लाख की अतिरिक्त रकम दो कारिंदों के हाथ किसके भरोसे दिल्ली भेजी जा रही थी ?

साढ़े आठ सौ किलोमीटर के इस राजमार्ग पर क्या एक भी नाका या चेक पॉइंट ऐसा नहीं था, जहाँ स्कार्पियो को रोककर उसकी जाँच की जाती ? या कारोबारी इस बात से आश्वस्त था कि यह कार वाराणसी से करीब पौने दो करोड़ रुपए की रकम लेकर निर्बाध रूप से दिल्ली तक जाएगी और इतनी ही रकम के जेवरात लेकर बिना रोक-टोक वापस लौट आएगी ? खैर···धंधा है, जो लगता पूरा गोरखधंधा है। एक करोड़ अस्सी लाख की लूटी हुई रकम को कारोबारी द्वारा चालीस लाख बताना भी इस बात का संकेत है कि भ्रष्ट सिस्टम की छलनी के सुराख अभी ठीक से बंद नहीं हुए हैं।

हाल-फिलहाल में 'माले मुफ्त दिले बेरहम' की कई घटनाएँ सामने आई हैं, जिनमें पुलिसवालों ने 'जिसकी लाठी उसकी भैंस' स्टाइल में काफी माल लूटा है। अपना गाजियाबाद भी इस प्रवृत्ति से अछूता नहीं रहा है। तो हुजूर, इस मामले में भी बिल्ली के भाग से छींका फूटा। जाहिर बात है कि बिना हिसाब-किताब के करीब डेढ़ करोड़ की रकम ऐसी भैंस थी, जो बिना लाठी के ही सूबे के पुलिसवालों के दरवाजे बँध जाती। बिल्ली के भाग से छींका फूटा तो सही, लेकिन मलाई उसके हाथ नहीं लगी।

हुआ यूँ के···उत्तर प्रदेश की पुलिस अँधेरे में हाथ-पैर मार रही थी कि मध्य प्रदेश पुलिस ने यह खबर ब्रेक कर दी कि उसने तीन बदमाशों को

गिरफ्तार करके उनसे लूटी गई एक करोड़ 74 लाख रुपए की रकम बरामद कर ली है। सिवनी पुलिस ने इन बदमाशों के पास से लूटी हुई रकम में से एक लाख 87 हजार के आंशिक रूप से अधजले और पाँच सौ रुपए के पूर्ण रूप से जले हुए 81 नोट बरामद किए हैं। लूटी गई यह रकम इनोवा के बोनट में छिपाकर मुंबई ले जाई जा रही थी। बीच रास्ते में इंजन हीट होने लगा, जिससे शॉर्ट सर्किट के बाद इंजन में आग लग गई। गाड़ी रोक कर बोनट खोला तो नोट हवा में उड़ने लगे। राह चलते लोग उड़ते नोटों के पीछे दौड़ने लगे। आनन–फानन में ही मुंबई हाईवे पर अफरा–तफरी मच गई। बस, फिर क्या था···बदमाश भी गिरफ्तार और रकम भी बरामद। हमें क्या मिला? बाबाजी का ठुल्लू! तो···समझ आई बात? 'माया महाठगिनी, हम जानी।'

□

अपनी ही स्मृति में टूर्नामेंट

हुआ यूँ के···आज सुबह-सुबह मल्लिका 'परवीन' जी का फोन आ गया। वे फोन करें तो समझ लीजिए आपके खरबूजे की तरह हलाल होने की घड़ी नजदीक है। वे बिना मकसद के कभी फोन नहीं करतीं। लेकिन आधे घंटे बतियाने के बावजूद यह समझना मुश्किल होता है कि फोन करने का उनका असली मकसद क्या हो सकता है! वे यह भी पूछ सकती हैं कि फेसबुक लाइव में लिंक भेजने के बावजूद हमने उनके कार्यक्रम में शिरकत क्यों नहीं की, या फिर हमने आकाशवाणी कार्यक्रम में बतौर कवयित्री उनका नाम प्रस्तावित क्यों नहीं किया?

मल्लिकाजी को नाते निभाना खूब आता है। मुझे लगता है कि वह नाता आईने के सामने रखकर निभाती हैं। निस्संदेह नाता का प्रतिबिंब उन्हें ताना ही नजर आता होगा। हर वाक्य में ताना मारने का हुनर उन्हीं से सीखा जा सकता है। 'जाइए···आप बड़े वो हैं' उनका तकिया कलाम है। 'जाइए···आप बड़े वो हैं···' वे इस अदा से कहती हैं कि 20 साल के नौजवान से लेकर 80 साल का बुजुर्ग भी फिसल जाए। मल्लिकाजी से बात करते हुए बड़ा सतर्क रहना पड़ता है। पता नहीं किस बात पर कह दें, 'जाइए···आप बड़े वो हैं···।' मुझ जैसा मंदअक्ल आदमी उनके फोन से खौफजदा रहता है। कई बार मुझे लगता है कि मेरे मोबाइल की मल्लिकाजी से कोई प्रतिद्वंद्विता है। उनका फोन उठाते ही मेरा फोन भी दंडवत् मुद्रा में आ जाता है। बिना लाउड स्पीकर पर डाले उनसे बात करना लगभग असंभव होता है, इसलिए अकसर मैं उनका

फोन उठाने की जहमत नहीं करता। लेकिन मल्लिकाजी ने घर भर में साम्राज्य स्थापित कर रखा है। मल्लिकाजी का ऐसा साम्राज्य अपने घर में भी है या नहीं, मुझे पता नहीं। अलबत्ता अदब की दुनिया में उनका 'मान-न-मान, मैं तेरा मेहमान' सा साम्राज्य स्थापित है। अदब की दुनिया के छोटे से लेकर बड़े सितारे तक का उनके दौलतखाने से लेकर दस्तरखान तक पहुँचना भी किसी रहस्य से कम नहीं है। शहर के किसी भी कार्यक्रम में छुमरीतलैया से लेकर कोकिझार तक से आने वाला शायर कार्यक्रम से पहले या बाद में उनकी डाइनिंग टेबल पर विराजमान जरूर नजर आता है।

उनके इस हुनर पर शोध करने वाले 'थकेला' जी ने इस भेद का खुलासा तब किया, जब अपने ही एक आयोजन में हमारे अरमानों पर पानी फिर गया। हुआ यूँ के···हमारे एक कार्यक्रम में कई नामचीन हस्तियाँ पधारीं। कार्यक्रम सुपर-डुपर रहा। हम जब तक कार्यक्रम का विवरण साझा करते, तब तक हमारे मेहमानों की तसवीरें फेसबुक पर हमें मुँह चिढ़ा रही थीं। मल्लिकाजी की फेसबुक इस बात की उद्घोषणा कर रही थी कि बीती रात मल्लिकाजी के दौलतखाने पर आबाद हुई महफिल में देश की इन नामचीन हस्तियों ने शिरकत की थी। अपने निजी अनुभव के आधार पर मैं यह बात दावे के साथ कह सकता हूँ कि मल्लिकाजी को उनके सेंधमारी के हुनर के लिए अदब के सर्वोच्च सम्मान से विभूषित किया जाना चाहिए। मल्लिकाजी की फेसबुक पर हमारे द्वारा आमंत्रित अतिथि ही नहीं, बल्कि हमारे वे संगी-साथी भी चेहरा चमकाते नजर आते थे, जिन्होंने आयोजन को सफल बनाने में कमरतोड़ मेहनत की थी। 'थकेला' जी के शोध का नतीजा बताता है कि मल्लिकाजी आपके रुपए में अपनी दुअन्नी-चवन्नी इस हुनर से मिलाती हैं कि पूरा रुपया ही उनका नजर आता है।

तो···हुआ यूँ के···आज फिर मल्लिकाजी का फोन आया। स्क्रीन पर उनका नाम देखते ही यह नाचीज खुद को खरबूजे में तब्दील होते हुए देखने लगा। फोन उठाते ही उलहाना सुनाई दिया, "जाइए···आप बड़े वो हैं···हमें आपसे बात नहीं करनी···!"

जी मैं तो हमारे भी आया कि साफ कह दें कि हम ही कौन सा आपसे बात करने को लालायित बैठे हैं। लाउड स्पीकर ऑन हो और पत्नी सामने बैठी हो तो आप ऐसा-वैसा कुछ कह भी नहीं सकते। और फिर जब 'जाइए, आप बड़े वो हैं···हमें आपसे बात नहीं करनी···' जैसा वाक्य श्रीमतीजी के कानों में मिसरी की डली घोल रहा हो। श्रीमतीजी की सवालिया नजरों से बचते हुए हमने पूछा, "जी, फरमाइए!"

"जाइए···आप बड़े वो हैं···आपने बताया भी नहीं कि '···' पुरस्कार के लिए नामांकन माँगे गए हैं। हम आ रहे हैं अभी···आपको हमारा नाम '···' पुरस्कार के लिए प्रस्तावित करना है। पिछली बार आपने 'बेनूर' को सम्मान दिलवा दिया। क्या है उसके पास···दो पुस्तकें···वह भी चार उस्तादों की खिदमतगीरी करके। मेरी नौ पुस्तकें आ चुकी हैं···"मंगत जी···संगत जी···तन्हा जी···अकेला जी···थकेला जी···उग्रजी···व्यग्रजी···मस्तजी···पस्तजी···उनकी भूमिका लिख चुके हैं···और आप हैं कि···जाइए हमें आपसे बात नहीं करनी।"

इतनी देर से हमारा मुँह ताक रही श्रीमतीजी ने अचानक हमारे हाथ से मोबाइल छीन लिया। हमें लगा, आज इस अध्याय का लंकाकांड लिखा जाने वाला है। हम उम्मीद के चिरागों में कुछ तेल और डालने की सोच रहे थे कि श्रीमतीजी ने उम्मीद का आखिरी चिराग भी बुझा दिया, "अरे दीदी, आप क्यों फिक्र करती हैं···इस बार '···' पुरस्कार आपको ही मिलेगा। बताइए, कब आ रही हैं, नाश्ता यहीं कीजिएगा हमारे साथ, ठीक है। लंच पर आपका स्वागत है! बताइए, क्या खाएँगी···अरे···डायटिंग क्यों···चलिए, कोई बात नहीं···इन पाँचों को भी ले आइए, आपको मेरी कसम, इतनी सी बात पर कोई खाना-पीना छोड़ देता है क्या? अरे, आपका ही नाम रिकमंड करेंगे···आइए···आइए···आपकी पसंद की ही डिश बनाऊँगी।"

मल्लिकाजी लाव-लश्कर के साथ लंच पर आईं। बड़े खुलूस के साथ 'उमंगजी', 'तरंगजी', 'सफीनाजी', 'पसीनाजी' से परिचय करवाया गया। जाते-जाते बीस-पच्चीस पन्नों के प्रोफाइल और एक नामांकन-पत्र

पर दस्तखत करवाए गए। मल्लिकाजी के प्रोफाइल में ऐसी-ऐसी नायाब जानकारियाँ थीं, जो उनके अलावा शायद ही किसी को पता हों। मसलन, किसी प्रदेश की शायद ही कोई अकादमी होगी, जिसने उनकी गायन, वादन, नृत्य, अभिनय, लेखन या जो प्रतिभा उनमें नहीं भी थी, उसके लिए भी उन्हें सम्मानित न किया हो। हम तो उनकी प्रतिभा देखकर अचंभित ही थे। प्रोफाइल बता रही थी कि डेढ़ सौ से अधिक पुरस्कार प्राप्त इस प्रतिभा को मिले अधिकांश पुरस्कार राष्ट्रीय या अंतरराष्ट्रीय स्तर के थे। बस···नहीं मिला था तों '···' पुरस्कार।

तो हुआ यूँ के···खरबूजा अपने कत्ल पर उसी तरह अश्क बहाता रहा, जैसे नर्गिस हजार बरस अपनी बेनूरी पर रोती रही। श्रीमतीजी डाइनिंग टेबल पर बिखरे बरतन समेटने में जुटी थीं और मुझे एक पुराना मंजर याद आ रहा था।

तो हुआ यूँ के···हमारे बचपन के दौर में कई मेमोरियल क्रिकेट टूर्नामेंट आयोजित होते थे। मसलन, 'लल्लू मांधाता मेमोरियल क्रिकेट टूर्नामेंट', 'संदीप सूरी मेमोरियल क्रिकेट टूर्नामेंट', 'महावीर प्रसाद रस्तोगी मेमोरियल क्रिकेट टूर्नामेंट', 'बसंत लाल गुप्ता मेमोरियल क्रिकेट टूर्नामेंट' आदि-आदि।

तो जनाब, इतने टूर्नामेंट्स को देखकर क्रिकेट में रुचि होना स्वाभाविक ही थी। हम भी अपनी मोहल्ला क्रिकेट टीम में शामिल हो गए। परवरदिगार की मेहरबानी से नाम भी रोशन होने लगा। हमारे क्रिकेट के उस्ताद थे पम्मीजी। सब उन्हें पम्मीजी के रूप में ही जानते-पहचानते थे। यह वह दौर था, जब टीम में चवन्नी-अठन्नी एकत्र आठ रुपए की पार्चमेंट की स्टार लेदर की बॉल आती थी। फ्रेंडली मैच तो दस-पाँच रुपए के चंदे में निपट जाते थे, लेकिन टूर्नामेंट···यह कैसे होते हैं, इसका पता हमें भी नहीं था।

तो···हुआ यूँ के···एक दिन हमारे उस्ताद ने घोषणा की कि हमारी मोहल्ला टीम भी एक क्रिकेट टूर्नामेंट करेगी—'पम्मी मेमोरियल क्रिकेट टूर्नामेंट'। पम्मी भाई की अगुवाई में टूर्नामेंट की तैयारियाँ शुरू कर दी गईं। सबसे पहले पाँच रुपए के चंदे से चंदे की रसीद-बुक छपीं। पम्मी भाई ने

घोषणा की कि सबसे पहले उस व्यक्ति की रसीद काटी जाएगी, जो पचास रुपए चंदा देने की हैसियत रखता होगा और उसे ही मुख्य अतिथि बनाया जाएगा। ऐसा एक व्यक्ति मिल भी गया। चंदे के पचास रुपए देने के साथ वह टूर्नामेंट का उद्घाटन करने को भी राजी हो गया।

तो''हुआ यूँ के''पचास रुपए की रसीद कुरते की जेब में रखने के साथ उसने कहा, "आप लोग बहुत अच्छा काम कर रहे हैं। कम-से-कम एक व्यक्ति की स्मृति में एक क्रिकेट टूर्नामेंट कर रहे हैं। उद्घाटन के समय मुझे कुछ तो बोलना ही पड़ेगा पम्मीजी के लिए, जिनकी स्मृति में यह कार्यक्रम हो रहा है; पम्मीजी कौन थे?"

हमारा बगलें झाँकना लाजमी था। हमें पता ही नहीं था। पम्मीजी कौन थे, जिनकी स्मृति में यह क्रिकेट टूर्नामेंट होना था। अचानक हमारे बीच में से पम्मीजी उठे और बोले, "मैं ही हूँ जी, पम्मी, जिसकी मेमोरी में यह टूर्नामेंट हो रहा है।"

"लेकिन आप तो जिंदा हो, फिर मेमोरियल?"

मल्लिकाजी के संदर्भ में पम्मीजी क्यों याद आए, पता नहीं; लेकिन कोई तो कारण रहा होगा, यों ही कोई याद नहीं आता।

□

भाभीजी भूल गईं हरि भजन

हुआ यूँ के···आज बड़े मनोयोग से खीर बनाई और उसमें शक्कर डालना भूल गया। बिना शक्कर की खीर भला क्या मजा दे सकती थी? हम अकेले ही नहीं, मजे की चाह में पूरा परिवार ही बेमजा हो गया। खीर बनाने का यह प्रयोग हमने किसी खास प्रयोजन से किया था। असल में कुछ दिन से ताईजी की पुत्रवधू हमारे घर में विराजमान थीं। हमारा पैतृक गाँव ठेठ जाटबहुल इलाके में है। हमारे इलाके के जाट सिर पर खाट वाले नहीं हैं, बल्कि सिर पर कोल्हू वाले बताए जाते हैं। उनके बारे में मशहूर है कि उनके सामने ज्ञान बघारने वालों की अक्ल कोल्हू में पेर कर हाथ में परोस देते हैं। अब भाभीजी ठहरी गाँव की कमेरी गृहिणी। सारा दिन पलंग कैसे तोड़ सकती थीं! लिहाजा आए दिन वह हमारी बेगम और छोटे भाई की पत्नी को ठंड से बचाव के देसी व्यंजन बनाने की नसीहत देती रहती थीं। कई बार तो मामला नसीहत से आगे निकलकर गैस के चूल्हे पर ही आ टिकता था, जो दोनों—देवरानी-जिठानी के साथ-साथ पूरे घर के लिए खतरे की घंटी का सबब होता था। किसी दिन रसोई में तिलबुग्गा तो किसी दिन मेसूपाग तैयार करती मिलतीं; लेकिन पिछले तीन दिनों से घर में सन्नाटा पसरा पड़ा था। रेडियो की तरह चौबीस घंटे चलने वाली भाभीजी की उद्घोषणाएँ भी स्थगित चल रही थीं। हम लोगों से दिन भर सिर खपाने वाली भाभीजी ने भी मौन की चादर ओढ़ रखी थीं।

घर में जो चल रहा था, इन दिनों हम उसके कतई आदि नहीं थे।

इससे पहले हो यह रहा था कि किसी दिन भाभीजी हमारी पत्नी को बाजरे की खिचड़ी बनाना सिखाती थीं, तो किसी दिन गन्ने के रस की खीर बनाने के नुस्खे सिखा रही होती थीं। एक दिन तो उन्होंने बाजरा मँगवा भी लिया था। हद तो यह थी कि एक दिन सुबह-सुबह पड़ोसी का ड्राइवर डोलची में गन्ने का रस ले आया। गनीमत यह रही कि दरवाजा हमने खोला। ड्राइवर ने तफसील बयान कर दी, "बड़की भाभी कई दिनों से कह रही थीं कि गन्ने के रस का जुगाड़ कर दो···हम अपने गाँव के क्रेशर से मँगवाए हैं···ताजा है···निखालिस···पीजिएगा तो नस-नस फड़क जाएगी।"

हमारे मुँह से 'बेड़ा गर्क' निकलने ही वाला था कि हमने संयम का धागा और मजबूती से थाम लिया, क्योंकि पड़ोसी का यह ड्राइवर हमारे परिवार का वक्त-बेवक्त का ताबेदार जो था। मुझे आज तक समझ नहीं आया कि पड़ोसी को दोपहर से पहले कहीं जाना नहीं होता था तो इसे दिन निकलते ही दरवाजे पर बुलाकर क्यों बैठा लेता था?

सलाम ठोककर ड्राइवर पड़ोसी के घर में जा घुसा। हम घर की चौखट पर हाथ में डोलची थामे नीरज के नायक की तरह कारवाँ गुजरने के बाद का गुबार देख रहे थे। 'इतनी सर्दी में गन्ने का रस···' सोचकर ही हमारे मुँह से 'राम-राम!' भी ठीक से नहीं निकल पा रहा था, क्योंकि ठंड की वजह से बत्तीसी अपना आर्केस्ट्रा अलग बजा रही थी। भला हो दूध सप्लाई करने वाले बुजुर्ग का, जिन्होंने रसानंद होने का हमारा आग्रह स्वीकार कर लिया।

किचन में जाकर हमने गन्ने का रस भरने के लिए खाली बोतल की तलाश शुरू कर दी। कहते हैं न कि होनी बड़ी बलवान। हड़बड़ी में किसी कटोरी या तश्तरी ने जमीन पर गिर कर इस बात की मुनादी कर दी कि रसोई में हम कोई नई खुराफात कर रहे हैं। पूजाघर से ही भाभीजी का सवाल गोली की गति से दनदनाता हुआ आया।

"क्यों देवरजी, रसोईघर में क्या मटियामेट करने पर तुले हो?"

वाक्य के आखिर के तीन-चार शब्द निश्चित रूप से रणभेरी बजाते प्रतीत हो रहे थे। दुश्मन सतर्क था और हम उसके साम्राज्य में घुस गए थे।

यदा-कदा हम दुश्मन के इलाके में चोरी-छिपे सर्जिकल स्ट्राइक कर दिया करते थे, लेकिन जब से भाभीजी आई हैं, पुरुषों का रसोई में जाना निषिद्ध है। उनका बस चले तो वे दोनों देवरानियों को नजरबंद कर घर में कर्फ्यू ही लगा दें।

बेड टी से शुरू होकर नाश्ते तक चलने वाला चाय का दौर एक ही प्याली चाय पर आकर टिक गया था। 7 बजते न बजते भाभीजी घर के सभी प्राणियों का हर-हर गंगे करवा देती थीं। हमारी गुड मार्निंग भी घर भर के अन्य सदस्यों के साथ इन दिनों सुबह 5 बजे उनके 'राधे-राधे, हरि-हरि' की टेर से होने लगी थी।

भाभीजी हम दोनों भाइयों व घर के सभी बच्चों को 'क्या बाबू···' कहकर ही संबोधित करती थीं। उनके 'क्या बाबू···' कहने का लहजा खासा शिकायती व अफसोसनाक होता था। उनके इस संबोधन से हम समझ जाते कि हममें से किसी ने कोई-न-कोई गलती अवश्य कर दी है। अपने आगमन के तीसरे दिन से ही भाभीजी ने घर भर के खिलाफ मोर्चा सँभाल लिया था। हम लोगों के रहन-सहन और खान-पान के तौर-तरीकों को वे भ्रष्ट घोषित कर चुकी थीं। बच्चों की किसी भी फरमाइश पर भाभीजी नाक-भौं सिकोड़कर 'राम-राम, राम-राम' करने लगती थीं। बच्चों की हर फरमाइश पर उनका यही कहना होता था, "क्या बाबू···दिन में तीन बार गिलास भरकर दूध पिया करो, पिज्जा-पास्ता की आदत अपने आप छूट जाएगी! लल्लाजी, तुमने और बहुरिया ने ही बच्चों की आदत बिगाड़ रखी है।" हम प्रतिरोध में कुछ कहने की कोशिश करते तो भाभीजी 'चोप्प···' कहकर होठों पर एक अंगुली रख लेती थीं। यानी अब बस, जो कह दिया, सो कह दिया। एक क्षण बाद ही उनकी पिटारी से एक नई नसीहत छन्न से उछलकर बाहर आ जाती, "यह जो सारे दिन चाय सुड़कते रहते हो, यह उसी का नतीजा है कि बच्चे भी सारे दिन मैगी और चाउमिन की रट लगाए रखते हैं।" उनकी नसीहत पर घर में अब दो की जगह चार किलो दूध आने लगा था। भाभीजी की चौकसी में बच्चे अपने पसंदीदा मिल्क शेक ने नाम भी भूल गए थे। रात के भोजन के एक-डेढ़ घंटे

बाद हम सबकी हाजिरी डाइनिंग टेबल पर ऐसे लगती, जैसे जेल में कैदियों की लगती है। सोने जाने से पहले हम आठों के आठों का यही काम होता था कि गिलास का दूध खत्म करने के साथ उसे धुलने के लिए सिंक में डाल दें।

5 बजे की हरि टेर के साथ भाभीजी घर भर में अपनी गंगाजली लेकर घूमती और दिसंबर की ठंड में गंगाजली के पावन जल से हम जातकों का दिन निकलते ही उद्धार कर देतीं। उसके बाद शुरू होता था उनका 'क्या बाबू···' उवाच। बड़ा हो या छोटा, उनका यह उवाच उस समय तक चलता था, जब तक घर का एक-एक सदस्य अपने बिस्तर पर उठकर न बैठ जाए। उनकी घंटी और हरि टेर इस बात की मुनादी थी कि बच्चे अपना बस्ता लेकर पढ़ने बैठ जाएँ और सयाने अपने नित्यकर्म से निवृत्त हों।

सूरज निकलने तक उनकी घंटी और हरि टेर साथ-साथ चलती थी। बिस्तर पर ऊँघते बच्चे बजती घंटी और हरि टेर के बीच जम्हाई लेते हुए पुस्तकों के पन्ने पलटते रहते थे। मेरी समझ में नहीं आता था कि घंटी के साथ हरि टेर में कोई भी बालक पुस्तक में ध्यान कैसे लगा सकता है ? लेकिन भाभीजी से यह बात पूछना बिल्ली के गले में घंटी बाँधने से कम शौर्य का काम नहीं था। और हम इतने शूरवीर नहीं थे कि जानबूझकर बिल्ली के गले में घंटी बाँधने का जोखिम उठाते। लिहाजा हम अपना मुँह और मसूर की दाल लिये भीष्म पितामह बने सारा मंजर टुकुर-टुकुर देखते रहते। सूरज निकलते ही भाभीजी छत पर जाकर अर्घ्य देतीं। उसके बाद ही उनकी दिनचर्या शुरू होती। इन दिनों जहाँ पूरा घर भाभीजी की 'भोर भई नंदलाला···' की धुन पर नाचने को मजबूर था, वहीं सूर्य देवता भी अटखेलियों से बाज नहीं आते थे। भाभीजी की दिनचर्या निर्धारित थी। उसमें थोड़ा-बहुत विलंब सूर्य देवता के आने या न आने से ही पड़ता था।

तो हुआ यूँ के···आज हम हड़बड़ाते हुए उठे। घर में सन्नाटा पसरा था। माजरा समझ नहीं आया तो मोबाइल उठाकर समय देखा। सुबह के आठ से अधिक का समय हो रहा था। बच्चे अपने कमरे में रजाई ताने सोए पड़े थे। बगल के कमरे में भी बिस्तर पर दो देह रजाई के भीतर कसमसाती नजर आ

रही थीं। माजरा समझ से परे था। श्रीमतीजी भी कहीं नजर नहीं आ रही थीं। हमें लगा, भाभीजी की तबीयत नासाज है, तभी कर्फ्यू हटा हुआ सा नजर आ रहा है। भाभीजी भी अपने कमरे में नहीं थीं। हमारा माथा ठनक रहा था, दोनों (श्रीमतीजी और भाभीजी) सुबह-सुबह गईं कहाँ? लॉबी में आया तो देखा भाभीजी मंदिर में आसन बिछाए आँखें बंद कर हाथ जोड़े बैठी थीं। न घंटी न हरि टेर···!

इतनी देर में श्रीमतीजी हाथ में ट्रे थामे रसोई घर से बाहर निकलती नजर आईं। हमने इशारे से माजरा पूछा तो श्रीमतीजी ने ट्रे पकड़े-पकड़े ही एक अंगुली उठाकर चुप रहने के साथ कमरे में चलने का इशारा किया। कमरे में आकर हमने दबी जुबान में माजरा पूछा। जवाब देने के बजाय श्रीमतीजी हँसते-हँसते लोट-पोट हुई जा रही थीं। हमने कहा कि कुछ बताइए तो सही! तब जाकर घर में पसरे सन्नाटे का राज उजागर हुआ।

हुआ यूँ के···पिछली दोपहर भाभीजी ने स्कूल से लौटते ही घर के सबसे छोटे सदस्य माधवजी से पीने के लिए पानी माँग लिया। माधवजी बस्ता डाइनिंग टेबल पर भाभीजी के पास रखकर पानी लेने चल दिए। दो मिनट, पाँच मिनट, दस मिनट, पंद्रह मिनट···भाभीजी के सब्र की इंतिहा हो गई। लेकिन माधवजी ऐसे गए कि लौटे ही नहीं। भाभीजी के दो तीन बार आवाज देने का नतीजा यह निकला कि हमारी श्रीमतीजी और माधव की मम्मी भी लॉबी में आ गई। खैर···भाभीजी को पानी दिया ही था कि माधवजी हाथ में लोटा थामे अस्त-व्यस्त वेशभूषा में छत की सीढ़ियों से नीचे उतरते नजर आए। माधवजी की हालत देखकर भाभीजी ने उलाहना दिया, "अरे माधव, थोड़ा-बहुत काम भी किया करो···ताईजी ने पानी माँगा और तुम गायब हो गए···!"

लंबी-लंबी साँसें खींचते हुए माधवजी डाइनिंग चेयर पर बैठ गए और बोले, "ताईजी, सच्ची बताना···आप तक पानी आया कि नहीं?"

"यह क्या सवाल हुआ कि पानी आया कि नहीं आया? पानी कौन लाता? तुम्हें बोला था, पर तुम ऐसे गायब हुए, जैसे गधे के सिर से सींग।" भाभीजी ने जरा रोष से कहा।

"लो, कर लो बात! मैं टंकी में से लोटे पर लोटा पानी उड़ेलता रहा और आप तक पानी नहीं आया?"

"अरे बेवकूफ, लोटे पर लोटा पानी उड़ेलने से मेरे तक पानी कैसे आएगा?" भाभीजी ने कुछ तीखे लहजे में कहा।

"ताईजी, एक बात बताइए, आप तो सुबह-सुबह हम सबकी नींद खराब कर राधे-राधे, हरि-हरि करती हुई छत पर जाकर सूरज को जल देती हैं। आपका जल जब सूरज तक पहुँच जाता है तो मेरा भेजा पानी आप तक कैसे नहीं पहुँचा? मैं लोटे पर लोटा भर-भरकर पानी बहाता रहा, पूरी टंकी खाली कर दी, पर कमाल है···आप तक पानी नहीं पहुँचा··· ?"

तो हुआ यूँ के···वह दिन और जब तक भाभीजी हमारी मेहमान रहीं, न उनकी पूजा-अर्चना में कोई विघ्न पड़ा और न ही हमारी निद्रा में। अलबत्ता हम सभी को माधवजी के चातुर्य का लोहा जरूर मानना पड़ा।

□

जय दरिया बादशाह

तो हुआ यूँ के···हमारी चिल्लर पार्टी भोजन के लिए मौसी की रसोई में रोज की तरह चिल्ल-पों मचा रही थी। हम कितनी भी चिल्ल-पों मचा लें, लेकिन मौसीजी हमसे पहले भोजन हमारे चाचा, ताऊ, बुआ, मामा, मौसी के उन बच्चों को परोसती थीं, जो विश्वविद्यालय की पढ़ाई कर रहे थे। वह हमसे पहले रसोई में आलथी-पालथी मारे बैठे होते थे। भोजन परोसे जाने से पहले हमारे इन बड़े भाइयों का एक नियम था। वे कटोरी और चम्मच बजाते हुए कोरस गाते थे, "जय दरिया बादशाह···जय दरिया बादशाह।"

रोटी बेलने में लगी मौसी की त्योरियाँ इस समूह गान से चढ़ जाती थीं। यह हमारे बड़े भाइयों का रोज का शगल था; लेकिन यह बात अजीब थी कि मौसाजी जब घर में होते थे तो समूह गान स्थगित रहता था। यह बात मौसाजी के लखनऊ के महानगर के सचिवालय कॉलोनी के सरकारी मकान की है। बड़े भाई लोग, जो लखनऊ में पढ़ते थे, मौसीजी के पास स्थायी रूप से रहते थे और हम चिल्लर पार्टी गरमियों की छुट्टियों में अलग-अलग शहरों से मौसी के घर जाते थे।

तो हुआ यूँ के···'जय दरिया बादशाह' का जयघोष होते ही सभी बड़े भाइयों की थाली में रोटियाँ आ गईं। कुछ ही दिन पहले 'अलीबाबा और चालिस चोर' कहानी पढ़ी थी, जिसमें 'खुल जा सिम-सिम' कहते ही खजाने का दरवाजा खुल जाता था। और मौसी की रसोई में 'जय दरिया बादशाह' का शोर मचाने पर खाना सामने आ जाता था। चिल्लर पार्टी में मैं ही सबसे बड़ा

था। रहा होऊँगा छह-सात बरस का। मुझे लगा कि 'जय दरिया बादशाह' में बड़ी ताकत है; लेकिन इसका अर्थ हमें नहीं पता था। इस वाक्य के अर्थ को लेकर उत्सुकता बनी हुई थी। मैंने अपनी माँ, मौसी की बड़ी बिटिया और मौसाजी से भी 'जय दरिया बादशाह' का मतलब समझने की कोशिश की। मुझे बड़ा आश्चर्य हुआ कि इनमें से किसी को भी 'जय दरिया बादशाह' का अर्थ नही पता था।

तो हुआ यूँ के···मैंने चारों बड़े भाइयों से ही उनके ब्रह्मवाक्य का रहस्य जानना चाहा। एक रात भोजन के बाद मैं उस कमरे में गया, जिसमें चारों भाइयों की खटियाँ इस तरह बिछी थीं, जो किसी और के लिए गुंजाइश नहीं छोड़ती थीं। मैंने कहा, "'भैया, जय दरिया बादशाह' का अर्थ क्या होता है?"

मेरा सवाल सुनते ही वे चारों खों-खों करके हँसने लगे। मैं भी अड़ गया कि 'जय दरिया बादशाह' का अर्थ जाने बगैर नहीं जाऊँगा। इसका अर्थ बताने के बजाए चारों ने ही हाथ खड़े कर दिए और मुझे मौसी से ही इसका अर्थ पूछने की सलाह दे डाली। मैं बड़ा मायूस हुआ। हम बच्चों का एक खेल होता था—'हाथी, घोड़ा, पालकी, जय कन्हैया लाल की···।' हम बच्चे अकसर रेल के डिब्बों की तरह एक-दूसरे को पीछे से पकड़े उस बड़े से घर में दौड़ते जाते और कहते जाते, 'हाथी, घोड़ा, पालकी, जय कन्हैया लाल की···हाथी, घोड़ा, पालकी, जय कन्हैया लाल की···'

तो एक दिन हुआ यों के भैया लोगों को विश्वविद्यालय से आने में देर हो गई और मौसी ने हमें भोजन के लिए बुलाकर रसोई में अपने सामने चटाई पर बिठा लिया। बैठे-बैठे कुछ देर हो गई और मौसी ने भोजन नहीं परोसा तो मुझे लगा कि भाई लोगों के भोजन से पहले के मंत्र के उच्चारण के बिना भोजन नहीं मिलेगा। लिहाजा मैंने थाली को चम्मच से बजाते हुए 'जय दरिया बादशाह···जय दरिया बादशाह···' का जयघोष शुरू कर दिया।

अचानक मौसी अपने आसन से उठकर शेरनी की तरह मुझ पर झपटीं और अगले ही पल मेरा कान खींचकर मुझे मेरी जगह से उठाकर खड़ा कर

दिया। मेरा कान उमेठते हुए उन्होंने पूछा, "अब बता, क्या कह रहा है, दुबारा कह…!"

मौसी के इस अप्रत्याशित व्यवहार से मेरी सिट्टी-पिट्टी गुम हो गई। मेरा कान अब भी मौसी के हाथ में था। मेरी समझ में नहीं आया कि ऐसा क्या हुआ, जो मौसी एकदम गुस्से से ही नहीं भर गईं, बल्कि गुर्राने भी लगीं। मेरी समझ में कुछ नहीं आ रहा था कि क्या करूँ, और ऐसा मैंने क्या कर दिया था कि मौसी मुझे किसी मेमने की तरह दबोचे खड़ी थीं। "बोल…अब बोल… जय दरिया बादशाह…आज तुझे दरिया बादशाह ही दिखाती हूँ!"

मुझे लगभग घसीटते हुए मौसी अपने आसन की ओर ले गईं और एक भगौने का ढक्कन हटाते हुए बोलीं, "बता, कहाँ दरिया बह रहा है…यह सब्जी है सब्जी…" फिर एक पतीले का ढक्कन हटाते हुए मेरी मुंड़ी नीचे करती हुई बोलीं, "दिखा, इसमें कहाँ है दरिया? दाल में, सब्जी में पानी नहीं डालूँ तो तुझे डाल दूँ?" मेरे सिर पर चपत मारकर वह बोलीं, "चुपचाप बैठकर खाना खाओ…खबरदार…आज के बाद सुन न लूँ 'जय दरिया बादशाह…जय दरिया बादशाह…' किसी की मजबूरी का यों भी मजाक नहीं उड़ाते।"

□

लेटर बॉक्स में ठक

हुआ यूँ के···पिताश्री का बनियान नदारद था। पिताश्री तौलिया लपेट अपना बनियान तलाशते घूम रहे थे। इतवार की छुट्टी होने की वजह से हम बच्चे भी उनके साथ बनियान तलाश रहे थे। पिताश्री का बनियान तो मिला नहीं, लेकिन तलाश अभियान के नतीजे बड़े सार्थक रहे। अरसे से गुम चल रही मेरी अंग्रेजी ग्रामर की पुस्तक एक बक्से के पीछे से बरामद हो गई। माताश्री की एक खोई हुई साड़ी पुराने कपड़ों की उस गठरी में से बरामद हो गई, जिनके बदले में रसोई या गुसलखाने का सामान ले लिया जाता था।

एक मेजपोश, मंदिर की पीतल की घंटी, ताँबे का एक छोटा कलश, मुख्य द्वार के ताले की अतिरिक्त चाबी, माताश्री की सिलाई मशीन की तेल की कुप्पी, नेल कटर, छोटी बहन की दो कॉपियाँ और भी बहुत कुछ, जिसके लापता होने पर यदा-कदा हम भाई-बहनों के कान खिंचते रहते थे, जो इस तलाश में बरामद हो गया। पिताश्री के बनियान की तलाश जारी थी कि माताश्री ने उनका बनियान उन्हें थमाते हुए कहा, "लीजिए, सँभालिए अपना बनियान···याद तो कुछ रहता नहीं है···पूरा घर सिर पर उठा लेते हैं···आपने ही नहाने के बाद इसे तार पर सुखा दिया था।"

"अच्छा···तो मैं नहा चुका··· ?"

यह पिताश्री का लगभग रोज का ही शगल था। रोज का क्या, दिन में कई बार का। कभी उनका चश्मा नहीं मिलता था, कभी कलम। वे भुलक्कड़ हो रहे थे या लिखने में तल्लीनता के चलते उन्हें कुछ चीजें तत्काल याद नहीं

आती थीं, कहना मुश्किल था। मुझे लगता है कि वे भुलक्कड़ तो नहीं ही थे। उनके पास किस्से-कहानियों का भरपूर खजाना था, जिसे वे अकसर सुनाया करते थे। हमारे रिश्तेदार और मिलने-जुलने वालों के बीच जितने उनके किस्से मशहूर थे, उतने ही उनकी भुलक्कड़ी मशहूर थी।

एक घटना मुझे याद आ रही है। हम बच्चे माताश्री के साथ अपने ननिहाल लखनऊ गए हुए थे। एक सुबह पिताश्री भी लखनऊ पहुँच गए। तो हुआ यूँ के···पिताश्री पाजामा सँभालते हुए टॉयलेट से बाहर आए और हड़बड़ाते हुए छोटे मामाजी को आवाज देते हुए घर के बाहर की ओर दौड़ पड़े। पीछे-पीछे मामाजी भी लपके। थोड़ी देर बाद पिताश्री अकेले लौटे तो उनसे इतनी हड़बड़ी में दौड़ लगाने की कैफियत चाही गई, जिसे वह टाल गए। कुछ देर बाद मामाजी जलेबियाँ लेकर पधारे तो माताश्री ने उनसे माजरा पूछा। मामाजी ने हँसते हुए माताश्री को संबोधित करते हुए कहा, "उषा, आज तो तेरा बेड़ा गर्क ही हो जाता।"

"हे भगवान्! क्या हुआ··· ?" माताश्री ने कुछ चिंतित लहजे में पूछा।

"होना क्या था, आज तेरे सारे गहने तेरे पतिदेव धोबी को थमा आए थे।"

यह माजरा किसी की समझ में नहीं आया कि पिताश्री माताश्री के गहने धोबी को कैसे थमा आए? कोई कुछ पूछता, उससे पहले ही मामाजी ने मर्दाने रूमाल की एक पोटली माताश्री के हाथ में थमा दी, जिसमें माताश्री के गहने थे। तो···किस्सा कोताह यह कि हमारे ननिहाल में एक शादी होनी थी, जिसके लिए माताश्री को गहनों की आवश्यकता थी। पिताश्री ने सुरक्षा की दृष्टि से उन्हें एक रूमाल में बाँधकर प्रेस के लिए धुले एक कुरते की जेब में छिपा दिया। ट्रेन से उतरकर घर पहुँचने से पहले ही प्रेस के कपड़े बैग में से निकालकर धोबी को दे दिए। और धोबी महाशय उस रूमाल को अपनी जेब के हवाले कर रफुचक्कर होने की फिराक में था। वह तो भला हो मामाजी का, जिन्होंने जाते ही सीधे धोबी के कुरते की जेब में हाथ डाल दिया।

धोबी की ईमानदारी पर मैं कोई शक नहीं कर सकता, क्योंकि इस घटना

के बरसों बाद तक भी उसका मेरे ननिहाल में आना-जाना लगा रहा। इसके अलावा वह ऐसा उम्रदराज व्यक्ति था, जिसके चेहरे से ही शराफत झलकती थी। लेकिन मामाजी ने गहनों की बरामदगी का जो मंजर खींचा था, उसकी वजह से मैं ताउम्र संशय में रहा। वह जब भी प्रेस के कपड़े लेने या देने आता, मैं उसके चेहरे को देखकर किसी नतीजे पर पहुँचना चाहता था, लेकिन जिंदगी से उसके रुखसत होने के बरसों बाद भी मैं आज तक किसी नतीजे पर नहीं पहुँच पाया।

पिताश्री की भुलक्कड़ी के किस्सों से ही एक पुस्तक लिखी जा सकती है, लेकिन उनकी भुलक्कड़ी के किस्सों से यह साबित नहीं होता कि वे वास्तव में भुलक्कड़ थे। क्योंकि उनकी भुलक्कड़ी से उन्हें या किसी और को कभी कोई नुक्सान नहीं हुआ। और दूसरी बात यह कि वे अगर कुछ भूल भी जाते थे तो कुछ देर बाद उन्हें इसका अहसास भी हो जाता था।

तो एक दिन हुआ यूँ के···उनका चश्मा गायब हो गया। कॉलेज से उनके लौटने के बाद पूरे घर में उनके चश्मे की तलाश शुरू हुई। 'कहाँ रखा था? कैसे रखा था?' जैसे सवाल उनसे पूछे जाने लगे। उन्होंने बताया कि कॉलेज जाने से पहले उन्होंने एक मित्र को पत्र लिखने के बाद चश्मा और पत्र दोनों एक साथ अपने कुरते की ऊपरी जेब में रखे थे।

"फिर···" किसी ने पूछा।

"फिर क्या···पत्र लेटर बॉक्स में डाला और कॉलेज चला गया, लेकिन लेटर बॉक्स में क्या डाला?" अपनी जेबों की तलाशी लेते हुए उन्होंने खुद से ही सवाल किया। जेबों की तलाशी में उनकी जेब से वह खत बरामद हो गया, जिसे वे सुबह पोस्ट करने अपने साथ ले गए थे।

"लेटर पोस्ट किया था तो यह क्या है?" माताश्री ने पूछा।

"अरे हाँ···लेटर पोस्ट करते हुए ठक की आवाज तो हुई थी, लेकिन मेरी समझ में नहीं आया कि लेटर इतना भारी-भरकम तो था नहीं कि ठक की आवाज आती।"

डाकघर हमारे घर के पास ही था और पोस्टमास्टर साहब भी परिचित

थे। उन्हें जाकर माजरा बताया गया। उन्होंने बताया कि बारह बजे की डाक की निकासी हो गई है और बैग भी सील हो चुका है। पोस्ट करने के लिए साथ लाई गई चिट्ठी उन्हें दिखाई गई। पोस्टमास्टर साहब भी असमंजस में थे कि ऐसा कैसे हो गया कि लेटर बॉक्स में से डाक निकालते समय पोस्टमैन ने भी ध्यान नहीं दिया कि अपने खोल में लिपटा चश्मा भी चिट्ठियों के बीच पड़ा है।

तो हुआ यूँ के···घर से पिताश्री बुलवाए गए। बिना चश्मे के ही उनसे एक चिट्ठी पोस्टमास्टर साहब के लिए लिखवाई गई और सीलबंद थैला खोलकर पिताश्री का चश्मा खोल समेत उन्हें सौंपा गया।

□

शताब्दी में अंग्रेजी

हुआ यूँ के…कोरोनाकाल के आगमन से पूर्व मुझे एक शादी में शरीक होने के लिए लखनऊ जाना पड़ा। आने-जाने का टिकट बच्चों ने शताब्दी ट्रेन से करवाने के साथ जानकीपुरम के एक होटल में ऑन लाइन रूम भी बुक करवा दिया था। कोहरे को चीरती हुई जैसे-तैसे शताब्दी ट्रेन गाजियाबाद के प्लेटफॉर्म पर नजर आई। गनीमत रही कि सीट सेंट्रल टेबल के साथ कोने की मिल गई थी। पड़ोसी यात्री एक महिला थीं, जो दिल्ली से ही बीच की सीट पर विराजमान चली आ रही थीं। महिला से मैंने अपनी सीट का नंबर पूछा तो उन्होंने अपने से अगली, यानी खिड़की वाली सीट की ओर इशारा कर दिया।

मेरे साथ अकसर होता यह था कि खिड़की वाली सीट होने के बावजूद वह सीट किसी सहयात्री द्वारा पहले से ही हथियार ली जाती थी। यह पहला मौका था कि खिड़की के बाजू वाली सीट मेरे आगमन की प्रतीक्षा कर रही थी। मैं महिला के यात्री-धर्म का कायल हो गया। शिष्टाचारवश मैंने पूछ ही लिया 'आप तो शिफ्ट नहीं होना चाहेंगी…'

'नहीं…नहीं…मैं कंफर्टेबल हूँ…आपकी सीट है…आप ही बैठिए…'

शताब्दी ट्रेन के सरकने तक हम भी अपनी सीट पर विराजमान हो गए। डायनिंग टेबल के दूसरे सिरे के यात्री कतार-दर-कतार हमारे सामने थे। एक दौर था, जब भारतीय ट्रेन में इस तरह के वातानुकूलित कूपे और चेयरकार नहीं होती थीं। हवाई यात्रा से वंचित हम जैसे बहुत सारे लोग इस यात्रा में ही हवाई यात्रा का-सा आनंद लेते थे। राजधानी और शताब्दी ट्रेन में चलने का

अनुभव अनूठा होता है। आपके सीट पर पहुँचने के साथ ही वैंडर आपको पानी की बोतल और अखबार पकड़ा जाता है। कुछ देर बाद दाना-पानी भी। अब डिब्बे में कोई स्टैंडिंग नहीं होती। एक जमाना था, जब आपको अपने ही आरक्षित कूपे में यात्रियों को ठेल-ठाल कर अपनी बर्थ तक पहुँचना पड़ता था। आपकी अटैची किसी भाई के हाथ में, होलडाल किसी दूसरे के हाथ में, दाना-पानी और सुराही तीसरे-चौथे के हाथ में होती थी। भाईचारे का आलम यह रहता था कि आपकी बर्थ पहले से ही कुछ बेशर्म यात्रियों द्वारा कब्जाई जा चुकी होती थी। अनारक्षित यात्रियों की रेलमपेल में आपको भी बोरी-धर्म निभाते हुए ऐडजस्ट होना पड़ता था। भाई लोग भी आपके ऐडजस्ट होने तक आपका साजो-सामान भी ऐडजस्ट कर देते थे। रिजर्वेशन कराकर चलने वाले आप और हम जैसे यात्रियों को इन अनारक्षित यात्रियों का शुक्रगुजार इसलिए होना पड़ता था कि 'मान-न-मान मैं तेरा मेहमान' के तौर पर आपकी बर्थ पर विराजमान मेहमान इतनी इज्जत जरूर बख्श देते थे कि आगे के सफर में आपको किसी यात्री से उठने या सरक कर बैठने की चिरौरी नहीं करनी पड़ी थी। यह वह दौर था, जब थ्री टीयर का टिकट-चेकर आधी रात से पहले कूपे में झाँकने तक नहीं आता था।

तो···'हुआ यूँ के···' भाई सुभाष चंदरजी का फोन आ गया। फोन उठाते ही दन से सवाल दे मारा, 'मियाँ, सेकेंड सेटरडे के कथा संवाद का क्या हुआ··· ?'

'भाईजी आज बृहस्पतिवार हो गया और मैं लखनऊ जा रहा हूँ···अब तो तीसरे शनिवार को ही संभव है! हमने असमर्थता जताते हुए कहा।

'किसे बुलाया जाए··· ?'

'ऐसा करते हैं, असलम जमशेदपुरीजी से अध्यक्षता करवा लेते हैं···' अपनी राय से उन्हें अवगत करवाते हुए मैंने कहा।

'और मुख्य अतिथि··· ?'

'लखनऊ में पंकज (भाई) से मुलाकात होगी···उन्हें टटोल लूँगा···'

'कमिश्नर साहब···आए हुए हैं एक बार···'

'हाँ···काव्योत्सव में आए थे···'

'कहानी कौन-कौन पढ़ेगा··· ?'

'जिसकी मर्जी हो, वह कहानी पढ़े···अभी तो मनु लक्ष्मी (मिश्रा), पूनम (डॉ. सिंह), शालिनी सिन्हाजी, रिंकल (शर्मा) और प्रीति (कौशिक) की ही सहमति आई है। लोग कम होंगे तो हम भी पढ़ लेंगे एक कहानी···'

'तो 18 का तय रहा···'

'ओके डन···' कहते हुए चंदर भाई ने फोन काट दिया।

'आप क्या कहीं टीचर हैं··· ?' महिला सहयात्री ने पूछा।

'अजी, नहीं···टीचर कहाँ घसखोदे हैं···'

'यह क्या होता है··· ?'

'अजी, अभी तो हम ही पढ़ रहे हैं···'

'मजाक अच्छा करते हैं आप···'

'अजी, अजनबियों से तो कतई नहीं···आप इस फोन की बाबत कर रही हैं शायद···जो अभी आया था···असल में हम लोगों का मासिक कथा संवाद का एक कार्यक्रम होता है, जिसमें हम सब लोग बारी-बारी से कहानी-पाठ करते हैं।'

'ओह···मुझे लगा कि आप भी टीचर हैं और सेमिनार में पर्चा पढ़ने की बात हो रही है···'

'जी मतलब··· ? आप भी टीचर हैं··· ?'

'जी···मैं दिल्ली के एक स्कूल में टीचर हूँ और लखनऊ के स्कूल में होने वाली एक सेमिनार में पर्चा पढ़ने जा रही हूँ।' इन्हीं सब बातचीत के साथ सफर गुजर गया।

शताब्दी ट्रेन दोपहर करीब 2 बजे लखनऊ स्टेशन पहुँची। थोड़ी तलाश के बाद चुन्नीलाल अपनी इनोवा लेकर हाजिर हो गया। चुन्नीलाल ने लंबी छलाँग लगाई थी—अल्टो से सीधे इनोवा पर।

लौटने का टिकट भी शताब्दी ट्रेन का ही था। चलते समय श्रीमतीजी ने रिश्तेदारों की लंबी सी फेहरिस्त यह ताकीद करते हुए थमाई थी कि इनमें

से हरएक के दरवाजे पर हमें शीश नवा कर आना है। भला हो चुन्नीलाल का, जो हनुमान की तरह सही समय पर हाजिर ही नहीं हो गया, बल्कि पूरे लखनऊ की परिक्रमा कराने के बाद ट्रेन छूटने के समय से चंद मिनट पहले ही उसने हमें चारबाग स्टेशन ला पटका।

हम यह सोचकर भयभीत थे कि आज तो ट्रेन छूटनी तय है। रिश्तेदारों की द्वारपूजा के चक्कर में पेटपूजा छूट गई थी, और चूहे थे कि पेट में उत्पात मचा रहे थे। सुकून की बात यह थी कि ट्रेन प्लेटफॉर्म पर लगी नहीं थी। पूछताछ में पता चला कि शताब्दी ट्रेन आज देर से चलेगी। यानी अपनी खातिरदारी का हमारे पास पर्याप्त समय था। एक सिरे से दूसरे सिरे तक चक्कर काट लेने के बावजूद हैरानी की बात यह थी कि इस प्लेटफॉर्म पर न कोई कैफेटेरिया था, न भोज्य सामग्री का स्टॉल। हर वेंडर के पास केक, बिस्कुट और चिप्स ही मौजूद थे, जो हमें मुँह चिढ़ा रहे थे। मरता क्या न करता की तर्ज पर वही खाद्य सामग्री लेनी पड़ी, जिससे जिंदगी भर तौबा की थी।

अधीर कर देने वाली प्रतीक्षा के बाद शताब्दी ट्रेन का आगमन हुआ। हमारे भीतर अपनी सीट पर पहुँचकर जीमने की उत्कंठा पेट के चूहों के साथ बार-बार सिर उठा रही थी। सीट पर बैठने के साथ ही दिमाग इस बात पर मंथन करने लगा कि बालोपयोगी सामग्री को खोला जाए या नहीं तभी एक लड़के ने हमारा कंधा हिलाते हुए आदेशात्मक लहजे में कहा, 'अंकल, आप पीछे वाली सीट पर चले जाइए…'

'क्यों… ?'

'हम दो हैं और आप अकेले…मेरी सीट आपके बगल वाली है और हम दो हैं…फिक्र मत कीजिए, कोने की है…'

केक, चिप्स, बिस्कुट समेटकर हम पिछली सीट पर आ बिराजे। चंद मिनट बाद ही एक बुजुर्ग महिला ने दो बालकों के साथ आ धमकीं। उन्होंने भी आदेशात्मक लहजे में फरमाया, 'बर्खुरदार, आप पीछे की सीट पर चले जाइए तो हम तीनों दादी-पोते एक साथ बैठ जाएँगे…'

भूख मेरी अँतड़ियों में उबाल ले रही थी। ऐसी भूख मुझे पहले कभी

महसूस नहीं हुई। मैं मानसिक रूप से चिप्स के पैकेट पर टूटने ही वाला था कि मोहतरमा के फरमान ने मेरा इरादा मुल्तवी करवा दिया। बिस्कुट, चिप्स बटोरकर मैं कूपे के सबसे पिछली कतार में आ बैठा। प्रवेश-द्वार सटे होने की वजह से यहाँ दो ही सीट थीं। सीट पर बैठकर मैंने सुकून की साँस ली। मेरे पीछे कोई कतार नहीं थी, लिहाजा सीट बदलने का कोई जोखिम भी नहीं था। सीट पर सुकून से परस कर मैंने बिस्कुट और चिप्स कुतरने शुरू कर दिए। मेरी बगल की सीट भी कुछ देर बाद भर गई। गोद में बच्चे को लेकर कूपे में दाखिल हुआ जोड़ा अपनी सीट तलाश कर अलग-थलग बैठ गए।

डेढ़ घंटे की देरी से ही सही शताब्दी ट्रेन सरकनी शुरू हुई तो कुछ राहत महसूस हुई। मैं साथ लाई किताब में मग्न हो गया। लेकिन बगल का यात्री बेसुकून लग रहा था। वह थोड़ी-थोड़ी देर पर उठकर अपनी पर्दानशीन बीवी के पास जाकर कान में पता नहीं क्या गुफ्तगू करता था। उसके बार-बार पहलू बदलने से मैं किताब में ध्यान नहीं लगा पा रहा था। पुस्तक रखकर मैंने मोबाइल उठा लिया और पता नहीं क्या सोचकर बेवजह ही कुछ फोन लगाने लगा। एक फोन ड्राइवर को भी लगाया यह सोचकर कि उसे मना ही कर दूँ। ट्रेन का क्या भरोसा कि कब पहुँचे ? लेकिन सिग्नल न होने की वजह से बात करना संभव नहीं हो पाया। सोचा कि ट्रेन के कानपुर पहुँचने पर ही फोन किया जाएगा।

तो हुआ यूँ के···मेरी सोच में खलल डालते हुए सहयात्री ने याचना करते हुए सीट बदलने की पेशकश कर दी। उसका लहजा बहुत ही विनम्र था। लेकिन पता नहीं मुझे क्या हुआ कि मैं अचानक अंग्रेजी बोलने लगा, और शायद मैंने निहायत ही अशिष्ट लहजे में उसके आग्रह को ठुकरा दिया। दो मिनट भी नहीं बीते होंगे कि मुझे अपने व्यवहार पर बड़ी शर्मिंदगी सी महसूस हुई। अपराध-बोध ने मुझे इस कदर घेर लिया कि मुझे उस शख्स से माफी माँगने में भी संकोच महसूस हो रहा था। कानपुर में ट्रेन ठहरी। चाय-नाश्ता सर्व हुआ। इस दौरान मैंने गौर किया कि कुछ अंतराल में उसकी पत्नी की गोद के बालक को कुछ-न-कुछ दिया जा रहा था। चाय के लिए आए थर्मस

में गरम पानी जस का तस था। मैंने उसका उपयोग नहीं किया था। अपने व्यवहार से आहत मैंने उससे माफी माँगने की भूमिका बनाते हुए कहा 'थर्मस में गरम पानी है, आप चाहें तो उपयोग कर सकते हैं...'

'नहीं...नहीं...शुक्रिया, हमारे पास चार-पाँच थर्मस हैं...'

'चार-पाँच थर्मस...' मैं सोचने लगा कि ऐसा क्या माजरा है...? बात आगे बढ़ाने की नीयत से मैंने पूछा, 'आपको जाना कहाँ है?'

उसने जो बताया, उसका लब्बोलुआब यह है कि यह जोड़ा गोरखपुर से लखनऊ आया था और अब दिल्ली जा रहा था। उनकी गोद में छह माह का जो बालक था, जन्म से ही उसके पैरों के पंजे सीधे नहीं थे, दाएँ-बाएँ मुड़े हुए थे। उसकी बात सुनकर मेरे भीतर एक सिरहन सी दौड़ गई। कुछ देर पहले जिस अपराध-बोध से मैं मुक्त हुआ था, वह मेरे वजूद पर फिर तारी हो गया। मैं सोचने लगा कि मुझसे वास्तव में बड़ा गुनाह हो गया है। मैं यह सोचकर खुद को कोस रहा था कि सीट बदलने में भला मेरी कौन सी जागीर छिनी जा रही थी!

अगले दिन सुबह उसे अपने बच्चे को दिल्ली के एम्स (ऑल इंडिया इंस्टीट्यूट ऑफ मेडिकल साइंस) में दिखाना था। मैंने पूछा, 'वहाँ जानते हो किसी को...'

'नहीं जी...'

'फिर दिखाओगे कैसे...वहाँ तो बड़ी भीड़ होती है...आदमी पर आदमी चढ़ा होता है...पर्चा भी आसानी से नहीं बन पाता...'

'हाँ जी, सुना तो यही है...उम्मीद की आखिरी किरण यही बची है... लखनऊ और गोरखपुर के सभी बड़े डॉक्टर्स हाथ खड़े कर चुके हैं...'

उसके प्रति किए गए अपराध से मुक्त होने का यही उचित समय था। मेरा एक परिचित एम्स के प्रशासनिक विभाग में कार्यरत था और मेरे प्रति आस्था भी रखता था। मेरे द्वारा भेजे गए लोगों की यथासंभव सहायता भी करता था। मैंने उसका फोन लगाया। पहली ही बार में घंटी बज गई, लेकिन फोन नहीं उठा। मैं बड़ा मायूस हुआ। कुछ-कुछ देर में मैं अपने बेटे और

ड्राइवर का नंबर भी मिला रहा था, जिसे मेरा फोन नॉट रिचेबिल बता रहा था, ऐसे में प्रकाश का फोन मिलना चमत्कार से कम नहीं था, लेकिन चमत्कार फलीभूत नहीं हुआ। अब मैं इस बात पर शर्मिंदा था कि जिसके भरोसे मैंने उसे सहायता का आश्वासन दिया था, वह फोन नहीं उठा रहा था।

कानपुर से आगे तक की एक-डेढ़ घंटे की अवधि में मैं स्वयं को आत्मग्लानि से काफी हद तक मुक्त कर चुका था और यह सोच ही रहा था कि उसकी पेशकश पर अमल करते हुए सीट बदल ही लेता हूँ कि मोबाइल पर प्रकाश का फोन आ गया। प्रकाश को सारी तफसील बताई गई। बालक का आधार नंबर से लेकर तमाम दस्तावेज प्रकाश के वाट्सएप्प पर भेजकर एक अच्छे नागरिक की तरह मैंने सीट बदल ली।

तो हुआ यूँ के···अगले दिन दोपहर को करीब 2 बजे मुझे जकी अंसारी नाम के इस शख्स की याद आई। मैंने तत्काल फोन लगाया। मुझे उम्मीद थी कि कोई अफसोसनाक खबर सुनने को मिलेगी। क्योंकि एम्स में मोबाइल काम नहीं करता और यह आशंका भी थी कि भूसे के ढेर में अंसारी सुई (प्रकाश) को तलाश भी पाया होगा कि नहीं! फोन उठाते ही अंसारी का रुआँसा सा स्वर सुनाई दिया। उसका रुँधा हुआ गला और लड़खड़ाती जबान मेरी आशंका की पुष्टि कर रही थी। मैं स्तब्ध था। ऐसा हो कैसे सकता है। ऐसा होना नहीं चाहिए था। मैंने आज तक ऐसी अशिष्टता किसी के लिए प्रदर्शित नहीं की थी, जैसी अंसारी के प्रति की थी। इस पूरे घटनाक्रम पर गौर कर मैं इस नतीजे पर पहुँचा था कि ईश्वर की कृपा की वजह से ही मैं सीट बदलता-बदलता अंसारी की बगल में बैठा था। और जब तक मैंने पूरा प्रकरण जान नहीं लिया था, तब तक मैंने सीट नहीं बदली थी। अंसारी का आग्रह और उस पर अमल में लगभग डेढ़ घंटा लगा था। उस अवधि का सारा घटनाक्रम मेरी आँखों में किसी फिल्म की तरह दौड़ रहा था कि तभी किसी महिला ने रुँधे गले से कहा···'शुक्रिया भाई जान···!'

अगली आवाज अंसारी की थी, जो अब उत्साह व आत्मविश्वास से भरी प्रतीत हो रही थी। उसने प्रकाश से मुलाकात से लेकर बालक के पैर पर

प्लास्टर चढ़ने तक की मुकम्मल दास्तान मुझे सुनाई। उसकी आवाज बता रही थी कि उसके भीतर खुशियों के कितने सोते फूट रहे थे। वह मेरा शुक्रिया अदा कर रहा था और मैं ऊपर वाले का···जिसने थोड़ी देर के लिए ही सही, मुझे अशिष्ट बनाया था। अंसारी के बेटे का नाम तो मुझे याद नहीं, लेकिन वह चार-पाँच साल की आयु के बीच का हो गया है। इसका पता मुझे इसलिए है, क्योंकि दो-तीन महीने में एक बार अंसारी बालक का वीडियो मुझे भेज देते हैं, जिनमें से किसी में वह साइकिल चला रहा होता है या फुटबॉल खेलता नजर आता है या फिर स्केटिंग करता···।

□

चंदा मामा टूट गया

हुआ यूँ के···आज सुप्रसिद्ध साहित्यकार आदरणीय ध्रुव गुप्तजी की फेसबुक वॉल पर एक चित्र लगा देखा। चित्र में दो पंछी अपनी चोंच में चाँद लटकाए उड़े जा रहे थे। अब आप कहेंगे, जो बात मैं कहना चाहता हूँ, उसका ध्रुव गुप्तजी की फेसबुक वॉल से क्या ताल्लुक··· ? ताल्लुक है, जनाब।

अपनी बात मैंने 'चंदा मामा टूट गया···' कहते हुए शुरू की है। तो जनाब, फिर आता हूँ ध्रुव गुप्तजी की फेसबुक वॉल पर। क्या मंजर खींचा है ध्रुवजी ने। आसमान में उड़ रहे दो पंछी अपनी चोंच में चाँद दबाए उड़े जा रहे हैं। जैसा मैंने पहले कहा कि 'चंदा मामा टूट गया', इन पंछियों ने भी चंदा मामा को टूटते हुए देख लिया हो, जैसे मेरी बिटिया ने देख लिया था। और···यह पंछी चंदा मामा को मरहम–पट्टी के लिए लिये जा रहे हों।

चाँद कहने को तो मामा हैं, लेकिन हैं बड़े चित्तचोर। बालक हो, कन्या हो, जवान हो, बूढ़ा हो···किसे कब रिझा ले, कहना मुश्किल है। गुरुदत्त को तो आप जानते ही होंगे। वही 'साहब, बीवी और गुलाम' वाले। चाँद पर ऐसे रीझे कि 'चौदहवीं का चाँद' जैसी यादगार फिल्म बना डाली। गुरुदत्त से पहले और बाद में भी चाँद के आशिक अलग–अलग शीर्षक से फिल्में बनाते रहे हैं। 'चौदहवीं का चाँद' से पहले मीना कुमारी और बलराज सहानी अभिनित 'चाँद' फिल्म आ चुकी थी। गुगल बाबा बता रहे हैं कि दुनिया भर में चाँद को केंद्र में रखकर सैंकड़ों फिल्में, हजारों गाने और लाखों कविताएँ लिखी जा चुकी हैं। 'अनुभव के आकाश में चाँद' पुस्तक के उद्‌भव का मैं स्वयं गवाह हूँ।

हुआ यूँ के···एक रात मैं लीलाधर जगूड़ीजी के साथ इंदिरा नगर, लखनऊ स्थित उनके निवास की छत पर विराजमान था। पूरे चाँद की रात पूरे शबाब पर

थी। शायद शरद पूर्णिमा का चाँद चाँदी की थाली में सोने सा दमक रहा था। जगूड़ीजी हैं तो मेरे पिताश्री के मित्र, लेकिन मुझे भी उनका परम स्नेह प्राप्त होता रहता है। चाँद की और मेरी सोहबत में जगूड़ीजी शायद दार्शनिक हो गए थे। चाँद को इंगित कर वह देर तक बात करते रहे। जगूड़ीजी को सुनना अपने आप में एक अनुभव है। वह बोलते रहे और मैं मंत्रमुग्ध सा सुनता रहा…सुनता रहा…सुनता रहा…

चंद महीनों बाद मैं पुनः लखनऊ गया तो जगूड़ीजी से मुलाकात के लिए सूचना कार्यालय जा पहुँचा। चाय के बीच मैं छत पर हुई पिछली गुफ्तगू का जिक्र छेड़ बैठा। चेहरे पर मुसकान फैलाए वह मेरी बातें सुनने रहे। अचानक एक ठहाका लगाते हुए बोले कि अनुभव के आकाश में चाँद का सहयात्री लौट आया। और दराज में से 'अनुभव के आकाश में चाँद' की एक प्रति निकालकर मुझे भेंट की। क्या कहूँ…यह अनुभव चमत्कृत करने वाला था। चाँद की बाबत कही-सुनी बातें… और इस शक्ल में…पुस्तक पाकर मुझे ऐसा महसूस हो रहा था, जैसे जगूड़ीजी ने मेरी झोली में चाँद डाल दिया हो। और आज भी जगूड़ीजी का सौंपा चाँद साथ-साथ चलता है। इसकी एक वजह यह है कि रात को इंदिरा नगर के अपने ठिकाने (ससुराल) की ओर लौटते हुए गोमती नदी के पानी में भी चाँद साथ-साथ चल रहा था। गोमती के पानी में चाँद का वह सफर और हाथ में पुरस्तक… 'अनुभव के आकाश में चाँद…'

चाँद, गोमती नदी और लखनऊ के ताल्लुक में एक बात और याद आ रही है। 'पाकीजा' फिल्म की रीलिज से पहले इसके गीत रेडियो पर बजने लगे थे। उसी फिल्म में एक गीत था—'चलो दिलदार चलो, चाँद के पार चलो, हम हैं तैयार चलो…' मेरी उम्र रही होगी आठ-नौ साल। मैं यह सोचता था कि चाँद के पार कैसे जाया जा सकता है? और चाँद के पार जाएँगे तो जाएँगे कहाँ? फिर वह दिन भी आया, जब कुछ साल पहले छोटे परदे पर 'पाकीजा' फिल्म का यह गीत देखने-सुनने को मिला। गोमती नदी के पानी में चाँद का अकसर…नाव…नाव में राजकुमार और मीना कुमारी…'चलो दिलदार चलो… चाँद के पार चलो…' गाते हुए जा रहे हैं।

शायद यह उम्र का तकाजा था या वह दौर चाँद से इश्क का ही था, कहना मुश्किल है। हो सकता है, दोनों का ही दौर रहा हो। कहते हैं, सोलह साल की उमरिया खतरनाक होती है। और अपने मामले में तो हुआ भी यही…। सोलह साल की बाली उमरिया में हम भी चाँद से इश्क कर बैठे। भला किसकी मजाल है जो सोलह साल की उम्र में यह गीत सुने—'चाँद चुराकर लाया हूँ

आ चल बैठें चर्च के पीछे…'

'और इश्क न करे।' गुलजार साहब ने तो पत्थर दिलों में इश्क पैदा कर दिया। और इससे भी पहले गुलजार साहब इस अंदाज में—

'बदरी हटा के चंदा
चुपके से झाँके चंदा
तोहे राहू लागे बैरी
मुसकाए जी जलाई के…'

चाँद को कोस भी चुके हैं। फिल्मी परदे पर चाँद को कोसे जाने का शायद यह पहला उदाहरण था। लेकिन इस उलाहने में भी इश्क का नमक मिला हुआ नजर आता है।

तरुणाई के गायब होते ही चाँद का एक नया मुखड़ा तब सामने आया, जब हमारा पाला सिलेबस में शामिल मुक्तिबोध की कविता 'चाँद का मुँह टेढ़ा है' से पड़ा। कविता क्या है, अपने आप में क्रांति है। 'चाँद का मुँह टेढ़ा है/इसलिए आजकल/दिन के उजाले में भी अँधेरे की साख है/इसलिए संस्कृति के मुख पर/मनुष्यों की अस्थियों की राख है/जमाने के चेहरे पर/गरीबों की छातियों की खाक है…' पढ़कर तमाम भ्रांतियाँ टूट गईं और चाँद से इश्क का भूत भी उतर गया। लेकिन क्या यह इतना आसान था…

हुआ यूँ के…एक रात घर पहुँचा तो बिटिया रानी सुबक रही थी। काफी लाड़ जताने पर भी उसकी हिचकियाँ बंद नहीं हो रही थीं। बहलाने, पुचकारने, गुदगुदाने का भी कोई असर नहीं हुआ। मैंने माजरा पूछा तो किसी को कुछ पता ही नहीं था। हाथ-मुँह धोकर मैं फिर दो साल की बिटिया को बहलाने जा पहुँचा। मेरे शयनकक्ष की दोनों दीवारों की खिड़कियाँ बंद थीं। मैंने पत्नी से उन्हें खोलने

को कहा तो उन्होंने टका सा जवाब दे दिया, 'पिताश्री इन्हें बंद करके गए हैं।'

'क्यों··· ?'

'यह उन्हीं से पूछ लीजिए···'

हम बिटिया को गोद में लिये-लिये पिताश्री के शयनकक्ष में पहुँचे। कंधे से लगी बिटिया की हिचकियाँ रह-रहकर उठती अभी भी प्रतीत हो रही थीं। मैंने पिताश्री से माजरा जानना चाह तो उन्होंने जोर-जोर से हँसना शुरू कर दिया। फिर थोड़ा रुककर बोले, 'बेटाजी, तुम्हारा काम तो हो गया···'

मैंने पूछा, 'क्या मतलब··· ?'

बोले, 'हमारे घर में एक और कवि का अवतरण हो गया है!'

अनभिज्ञता जताते हुए मैंने पूछा, 'कौन··· ?'

'और कौन···जिसे गोद में लिये खड़े हो··· !'

'वह कैसे··· ? अभी तो यह दो साल की ही है···और आपको कैसे पता चला··· ?'

उन्होंने रहस्य पर से परदा उठाते हुए बताया कि शाम को बिटिया पिताश्री के पास छत पर खेल रही थी कि अचानक सुबक-सुबक कर रोने लगी। शीघ्र ही उसका रोना हिचकियों में बदल गया। अपने काम में तल्लीन पिताश्री को बिटिया के रोने की कोई माकूल वजह समझ में नहीं आई। पहले इस बात की तसल्ली की कि किसी कीड़े ने तो नहीं काटा। कड़ी मशक्कत व बिटिया के हाव-भाव से पिताश्री को यह बात तो समझ आ गई कि बिटिया के रोने का ताल्लुक आसमान से है, लेकिन असल वजह वह भी देर से समझे।

तो हुआ यूँ के···बिटिया रानी को रात को छत पर टहलाते वक्त उसकी दादी चंदा मामा की कविता, कहानियाँ सुनाती रहती थीं। बिटिया रानी को आसमान में चाँद पूरा दिखाई देता था, लेकिन उस दिन शायद दूज या तीज का चाँद निकला था। बिटिया रानी ने समझा कि किसी ने उसका चंदा मामा तोड़ दिया है। उसकी हिचकियों के बीच पिताश्री भी उसका कहा 'चंदा मामा टूट गया' जैसे-तैसे समझ पाए थे।

□□□